너의
꿈에도
내가 나오는지

너의

꾐에도

내가 나오는지

김지현 장편소설

우리학교

차례

너의 꿈에도 내가 나오는지 … 7

작품 해설 … 218
작가의 말 … 224

1.

H에게
안녕. 잘 지내고 있어? 나는 잘 지내. 그사이 또 겨울이 되었네. 한 살 한 살 나이 들어 가는 일에 이제 익숙해졌다고 생각했는데, 우리가 함께 있던 때를 떠올리면 시간이 벌써 이만큼이나 지났다는 게 믿기 어려워. 시간은 한 방향으로만 흐를 테니, 나는 앞으로도 계속 이렇게 그때로부터 멀어지는 기분만 느껴야 하겠지?

너는 내가 꿈 얘기를 털어놓은 적이 없다고 아쉬워했지. 내 꿈은 늘 비슷해. 대부분은 아침에 눈을 뜨면 기억에서 사라지고, 그나마 떠올릴 수 있는 꿈은 언제나 비슷하게 끝나곤 해. 아, 지금 이건 꿈이구나, 하는 순간 스위치가 탁 하고 켜지는 것처럼 갑자기 꿈에서 깨어나 버려.

나는 아직도 네가 했던 말을 자주 떠올려. 같은 공간이 나오는 꿈속에 갇혔다는 말 말이야. 너는 왜 나에게 그런 비밀을 들려준 걸까? 답을 찾을 수 없을 질문만 곱씹던 나날도 많았지만, 이제 그 마음을 조금은 알 것 같아. 나 역시 우리가 함께 있던 교실로 돌아가는 꿈을 꿀 때가 있거든. 12년 동안 열두 개 교실에서 지냈던 건데, 왜 매번 꿈속에선 같은 교실 안에 있는 걸까? 우리가 있던 교실이 나오는 꿈을 꾸고 나면, 항상 비슷한 기분이 들어. 무엇을 두고 온 것 같은 기분. 해야 할 말을 다 하지 못하고 그렇게 떠나온 것만 같은 기분. 너는 정말로 중요하고 소중한 것은 말로 표현되지 않는다고 알려 주고 싶어 했지. 사람들 사이에서 공허하게 오가는 말들은 실은 아무것도 아니라고 말이야. 하지만 네가 나에게 남겨 놓은 말들은, 나를 몇 번이나 일어서고 또 나아가게 했어.

너는 이제 꿈에서 깨어나, 지금을 살고 있을까?

여전히 너에게 궁금한 것이 많아. 그런데 또 조금만 생각해 보면, 너는 내가 묻기도 전에 이미 네가 할 수 있는 답을 모두 들려주었던 것 같기도 해.

이만 줄여야겠다. 비슷한 꿈을 꾸는 날에 또 답장할게.

너의 오랜 친구, 승희가.

2.

수업 끝나는 종이 울렸다. 5교시 다음 쉬는 시간은 청소 시간이었다. 교실 게시판으로 가 청소 구역을 확인했다. 본관 4층 계단. 그 옆 칸에는 내 이름과 함께 익숙한 이름이 적혀 있었다. 나는 청소 도구함에서 빗자루를 챙겨 복도 끝 계단으로 향했다. 복도 맞은편에서 누가 손을 크게 흔들었다. 다른 반 친구 도은이었다.
"승희! 매점 갈래?"
"나 청소."
"어딘데?"
"4층 계단."
"꿀이네. 대충 하고 아이스크림 먹으러 가자."
도은이 내 뒤를 따랐다.

5층 옥상은 출입 금지 구역이라 계단을 쓸 일이 없는데도, 4층과 5층 사이 계단에는 다 먹은 과자 봉지와 우유갑이 나뒹굴고 있었다. 아무 데나 쓰레기 버리는 인성 거지들, 수능 망해라, 도은이 혀를 끌끌 차며 중얼거렸다.

눈에 띄는 큰 쓰레기만 대충 줍고 청소를 마친 뒤, 도은을 따라 1층 매점으로 향했다. 하늘색 명찰을 단 1학년들이 우리더러 먼저 계산을 하라는 듯 줄에서 비켜섰다. 도은은 딸기 맛, 나는 초코 맛 아이스크림을 하나씩 사 들고 매점을 나왔다.

"그, 8반 반장 있잖아. 며칠 전부터 나랑 같은 수학 다닌다? 걔 원래 예체능 했었잖아. 근데 아니다 싶었는지 정시로 틀었나 봐. 아무리 그래도 그렇지, 수능을 너무 쉽게 보는 거 아냐?"

교실로 올라오는 내내 도은은 쉴 새 없이 떠들었다. 8반 반장이 누구였더라? 분명 이름을 들으면 알 만한 아이겠지만 바로 떠오르지 않았다. 하지만 아는 척 고개만 끄덕이며 도은의 말을 끊지 않았다.

우리 반 교실 앞에 도착했다. 도은이 나를 복도 창가 쪽으로 데리고 갔다.

"근데 조희수 너희 반에 친구 없어?"

도은이 목소리를 죽이고 물었다. 조희수. 방금 하던 대화와는 상관없이 툭, 튀어나온 이름인데도 전혀 낯설게 느껴지지 않았다. 그 이름은 애초에 그런 식으로 여기저기서 쉽게 꺼내지는 이름일 테니까.

"왜?"

"쉬는 시간마다 우리 반에 오길래. 급식도 우리 반 애들이랑 먹고."

"얘기는 하던데. 작년에 같은 반이었던 애들이랑."

"걔들이랑 전에는 안 친했잖아. 같이 다닐 애 없으니까 붙었나 보네."

도은이 빈정거렸다.

도은은 내가 아닌, 내 어깨 너머 어딘가를 살피고 있었다. 도은은 무언가를 말할 때, 내 눈을 보기보다 주변을 힐끗거릴 때가 훨씬 많았다. 도은뿐만 아니라 다른 아이들도 그랬다. 나에게 와서 자기 비밀을 털어놓으면서도 정작 내 눈을 바라보진 않았다. 나는 비밀을 잘 지켜 주는 애니까 그걸로 됐을 뿐, 그 비밀에 대한 내 반응은 별로 궁금하지 않다는 것처럼.

예비 종이 울렸다. 복도를 소란스럽게 오가던 아이들이 순식간에 교실로 사라졌다. 도은과 헤어져 교실로 들어서자, 누가 게시판 앞에 서서 아까 내가 보던 청소 당번표를 보고 있었다.

우리는 눈이 마주쳤다. 같은 반이 된 지 몇 주가 지났지만, 조희수와 대화는커녕 이렇게 서로 시선이 닿은 것도 처음이었다.

본관 4층 계단 – 조희수, 하승희

아마 조희수도 나란히 적힌 두 이름을 확인하지 않았을까? 아까 내가 가서 청소했어. 나는 조희수가 뭐라 묻기도 전에 그렇게 대답할 준비를 하고 그 애를 바라보았다. 그러나 조희수는 아무 말 없이, 나를 관찰하듯 응시할 뿐이었다.
"……."
나는 저런 눈빛을 잘 알고 있다. 자기 시선을 받아 내는 내 반응이 어떤지를 시험해 보려는 것 아닐까. 눈빛이 흔들리는지, 아니면 날카로워지는지. 교복 매무새와 머리 길이는 어떤지, 화장을 했는지 안 했는지. 가방과 외투, 휴대폰 기종은 무엇인지. 학교 안에선 그런 것들로 아주 짧은 순간 상대를 파악하고 가늠하는 눈빛을 심심찮게 보게 된다. 그렇게 나를 스캔하던 아이들은 대부분 비슷한 결론을 내리는 듯했다. 별로 얻어 낼 것도 위협될 것도 없는, 무난하고 심심한 아이.

조희수는 무슨 말을 하려는 듯, 웃음기를 머금고 있지만 웃지는 않는 얼굴로 나를 보았다. 그리고 뒤돌아 자기 자리로 돌아갔다. 마치 당번표 속 '하승희'가 누구인지 전혀 모르겠다는 듯한 표정으로.

수업이 시작됐다. 내용이 하나도 귀에 들어오지 않았다. 조금 전 조희수의 눈빛이 자꾸만 맴돌았다. 나를 보고 무슨 생각을 한 거지?

나는 벽시계를 보는 척, 조희수의 자리를 힐끔 보았다. 턱을 괴고 삐뚜름히 앉아 있는 조희수가 조금 피곤해 보였다. 문득 그 애를 처음 본 날이 떠올랐다.

"근데 조희수가 누구길래 그래? 어떻게 생겼어?"

2년 전 어느 날. 나는 조희수가 누구인지 모르면서 그 애의 이름을 처음 불렀다. 그때 그 이름을 내뱉고 나서야, 나는 아이들 중 아무도 나에게 대답하지 않았지만 그 답을 알 수 있었다. 내가 보고 있던 화장실 거울에 비친, 혼자 유리문을 열고 들어서다 거울 속에서 나와 눈이 마주친 여자애가 조희수라는 사실을 바로 알아챘으니까. 이 학교에 입학한 뒤로 내내 도은의 입에서, 같은 반 아이들 입에서 매번 다른 내용으로 오르내리던 이름이었다.

소문 속에서만 존재하는 듯하던 이름의 주인을 처음 내

눈으로 보았을 때, 나도 모르게 그런 생각을 했다. 그러게 생겼다, 라고. 달리 뭐라 설명해야 할지는 모르겠지만, 나는 아이들이 왜 그렇게까지 조희수를 궁금해하고 수군대는지 바로 납득할 수 있었다.

나는 다시 조희수를 돌아보았다. 조희수는 고개를 약간 기울인 채 머리카락만 만지고 있었다. 이 수업 시간이, 이 교실 안에 있는 모든 것이 지루하고 지겹다는 걸 숨기지 않는 얼굴이었다.

아이들이 말하는 소문 속 조희수도 그런 아이였다. 당장 자기한테 도움이 되지 않고 불필요한 건 얼마든지 손쉽게 무시하고 지워 버릴 아이. 그러다가도 상대한테서 작은 쓸모를 발견하면 태연히 얼굴색을 바꾸고 기꺼이 먼저 다가갈 아이. 조희수는 똑똑한 아이일까, 약은 아이일까. 아니면 둘 다일까. 나는 아까 조희수가 나를 보고도 아무런 반응을 하지 않은 이유를 알 것 같았다.

3.

 양치질을 끝내고 교실로 돌아오니 아이들이 내 자리 주변에 모여 앉아 있었다.
 "이렇게 베껴 쓴다고 머리에 들어오는 것도 아닌데."
 "그러니까. 손목 다 나가겠어."
 "승희 넌 숙제 다 했어?"
 "응."
 대박, 역시 하승희. 애들이 한마디씩 보탰다.
 3학년 교실에 처음 들어섰을 때, 자리 배치만 바뀐 2학년 교실에 다시 온 느낌이었다. 두 해 동안 학교 여기저기서 마주쳐 다들 이미 익숙한 얼굴이었다. 2학년 때 같은 반이었던 연우와 올해도 한 반이 되어 자연스레 어울려 다니게 됐다. 연우는 늘 다른 아이들을 몰고 와서 나도 덩달아 이 교실이 외롭다고 느낄 틈이 없었다.

남은 한 해 동안 무난히 함께 다닐 만한 친구를 찾고 나서, 나는 나머지 아이들을 탐색하는 일을 관둬 버렸다. 3학년쯤 되면 대다수 아이들은 서로에게 관심이 없어진다. 심지어 지금은 입시까지 앞두고 있었다. 이런 중요한 시기에 누가 시간과 감정을 소모하면서 새로운 관계를 만들려고 할까?

누구를 알아 가고 가까워지는 건 생각보다 품이 많이 드는 일이다. 그리고 나에게 한 사람을 알게 된다는 건, 그 사람의 비밀이나 어떤 말이든 들어 주겠다는 익숙한 의무를 지는 일에 가깝다. 듣는 것이 아니라 들어 주는 것.

"나 이것 땜에 스트레스 제법 받았나 봐. 어제 꿈에 국사 나옴."

"으, 진심 싫다."

연우의 말에 다들 질색하는 표정을 지었다.

연우의 꿈을 시작으로, 아이들은 최근에 꾼 꿈을 차례로 늘어놓았다. 지어낸 게 아닐까, 싶을 만큼 아이들은 간밤에 꾼 꿈을 막힘없이 술술 묘사했다.

"승희 너는? 어제 무슨 꿈 꿨어?"

"나는 꿈 잘 안 꿔."

"엥? 진짜?"

"엄청 꿀잠 자나 보다. 좋겠다!"

자도 자도 잠이 쏟아지는 건 학생이라면 다들 그렇지 않나? 아무리 중요한 시험을 앞둔 날에도 자리에 누우면 금세 곯아떨어졌다. 친척 집이나 수학여행 숙소처럼 낯선 곳에서도 마찬가지였다.

언제였더라? 초등학교에 입학하기도 전일 거다. 아주 어렸을 때, 나는 아침에 꼭 깨워 달라고 엄마에게 몇 번이나 말하고서야 잠들 수 있었다. 기절이라도 한 것처럼 의식을 놓아 버렸다가 다시 돌아온다는 것이 어쩐지 너무 섬뜩하게 느껴졌다. 악몽이나 가위눌림처럼 자는 동안 일어나는 일은 나를 별로 위협하지 못했다. 나는 내가 잠에서 다시 돌아오시 못할까 봐, 나를 되찾지 못할까 봐 무서워했다.

꿈 얘기를 하는 아이들은 재밌는 영화 줄거리라도 설명하듯 신난 얼굴이었다. 나는 사람들의 꿈 얘기 같은 건 별로 궁금하지 않았다. 꿈이 한 사람에 관해서 말해 줄 수 있는 게 뭐지? 꿈이 세세하고 선명할 수 있는 이유는, 그걸 회상하려는 순간 다른 상상도 함께 섞여 들기 때문 아닐까. 그렇다면 결국 온전한 꿈의 내용은 누구와도 공유할 수 없는 것일 텐데, 왜 다들 자기 꿈을 들려주는 걸까?

흥미를 잃은 나는 교실을 둘러보았다. 비어 있는 자리들 사이, 각각 혼자 앉아 있는 두 사람이 눈에 들어왔다. 복도 쪽 분단 세 번째, 벽시계 바로 아래가 조희수 자리였다. 조희수 귀에는 이어폰이 꽂혀 있었다. 다들 무선 이어폰을 쓰는데, 혼자 줄 이어폰을 쓰고 있으니 괜히 독특해 보였다.

가방에 달고 다니는 작은 인형, 머리를 풀고 있을 땐 손목에 끼우는 리본 모양 머리끈, 독특한 향이 나는 핸드크림. 별로 특별할 것도 없는 물건들이지만 조희수가 갖고 있으면 이상하게 눈길이 갔다. 나뿐만 아니라 다들 그런 것 같았다. 눈썰미가 없는 연우조차 조희수가 쓰는 핸드크림 이름을 알고 있을 정도니까.

문득 나를 보는 시선이 느껴졌다. 조희수의 자리 두 칸 뒤, 김선우가 이쪽을 보고 있었다. 눈이 마주치자, 김선우가 먼저 자연스럽게 시선을 피했다. 우리 반 남자애들 중에 나와 가장 대화 나눌 일이 없는 사람을 꼽으라면 단연 김선우였다. 여자애들은 다른 남자애들이 거는 장난은 귀찮아하면서, 김선우에게는 같이 맞장구치며 재밌어했다. 나는 그 점이 싫었다. 나는 김선우처럼 자기 주변을 소란하게 만드는 사람을 별로 좋아하지 않는다.

농구를 하고 온 남자애들이 앞문으로 요란하게 들어왔

다. 그 소란에도 조희수와 김선우는 흐트러지지 않고 각자 일에 몰두했다. 무슨 이유에서일까? 그 두 사람이 교실 속 소음과 아이들을 지운 공간에 함께 있는 것처럼 보였다. 결코 서로를 직접 바라보지 않으면서도 사실은 온 신경을 곤두세워 서로만을 의식하고 있는 것처럼. 모두가 시끄럽게 떠드는 점심시간의 교실 안에서 둘만 너무 고요해 보여서 그런 걸까?

사실 하나의 교실 안에는 수십 개의 주파수가 흐르는 건지도 모른다. 아이들 각각이 쏘아 올리는 신호 말고도, 그들 사이를 보이지 않게 오가는 수십 개의 시그널이 존재하는 게 아닐까. 누가 누구를 애태우며 좋아하고, 앞에서는 웃지만 속으로는 불편해하고, 남몰래 미워하는. 겉으로 드러내 보일 수 없는 여러 겹의 마음들이 일성한 파동을 지니고 교실 위를 둥둥 떠다니는 것만 같았다.

나는 둘에게서 시선을 거두었다. 분명 어디서 누가 또 나를 보고 있다고 느꼈지만, 이번에는 그 시선을 찾을 수 없었다.

4.

본관 4층에서 5층으로 올라가는 계단에는 망가진 책상과 의자가 잔뜩 쌓여 있었다. 5층 옥상은 어차피 커다란 자물쇠로 굳게 잠겨 있지만, 그래도 절대 드나들지 말라는 무언의 경고 같기도 했다.

그럼에도 여기를 몰래 아지트로 쓰는 아이들이 있는지, 청소하러 올 때마다 계단에는 음료수 캔이 아무렇게나 버려져 있었다.

"여기 몰래 뭐 숨겨 두기 좋겠다."

심심하다며 나를 따라온 연우가 이리저리 둘러보며 말했다.

"뭘 숨기게?"

"학교에 가져오면 안 되는 것들 있잖아. 예를 들면 담배 같은 거?"

그렇게 말하면서도 연우는 자기와는 관련 없는 얘기라는 듯, 어깨를 으쓱해 보였다.

"왜, 웹드나 웹소 봐도 그렇잖아. 이런 데서 비밀스럽고 재밌는 일들이 일어나던데. 남주랑 여주가 만난다거나."

그러더니 의미심장하게 웃으며 연우가 물었다.

"하승희 너 요즘 관심 가는 애 없어?"

"갑자기?"

"이런 중요한 얘기는 주기적으로 해야 하는 법이지!"

"그러는 넌 있나 보네."

"내가 말한 적 없어? 난 이 학교 와서 남녀 공학에 대한 환상이 다 깨졌어."

듣기 싫은 소음으로 북적대는 복도와 달리, 여기선 연우의 말소리가 훨씬 선명하게 들렸다. 고작 반 층 올라와 있을 뿐인데 멀고 동떨어진, 비밀스러운 공간처럼 느껴졌다. 연우 말마따나 관심 있는 남자애라든가, 그런 비밀이 있다면 얼마든지 꺼내 놓고 싶을 만큼.

하지만 나에겐 그런 이야깃거리가 없었다. 연우가 말하는 웹소설이나 드라마를 나도 종종 봤지만, 주인공에게 부여되는 사건이나 설정 따위가 훗날 나에게도 생길 거라는 상상은 해 본 적이 없었다. 나는 내가 재미없고 진지한 고등학생이 되리라는 사실을 진작에 알고 있었다. 그리고 아마 그만큼 평범한 어른이 되지 않을까.

누가 올라오는 발소리가 들렸다. 평온을 깬 사람은 조희수였다.

"아, 내가 다 했어."

내가 말했다. 먼저 와서 청소한 건 난데, 잘못을 들킨 기분이 드는 게 이상했다.

조희수는 나와 연우를 번갈아 보다 말했다.

"우리 자꾸 엇갈린다. 그치?"

어딘지 뼈가 있는 듯한 말에, 나는 바로 대답하지 못했다.

며칠 전 청소 시간, 나는 여기서 조희수와 마주쳤다. 어제는 네가 했지? 오늘은 내가 와서 했어. 조희수는 픽 웃으며 그렇게 말했다. 난 그 말을 앞으로도 계속 번갈아 가며 청소하자는 뜻으로 받아들였다.

"그만 가자."

연우가 내 손을 잡았다. 우리는 조희수를 지나쳐 계단을 내려왔다. 조희수도 뒤따라올 줄 알았는데 뒤에선 아무 기척이 없었다. 엇갈리는 게 싫으면 종 치자마자 바로 왔어야지. 청소하러 왔다면서 왜 빈손이야? 한발 늦게 와서 생색만 내는 거야 뭐야. 조희수를 싫어하는 도은이라면 그렇게 실컷 불평했을 터였다.

"쟤 말이야."

교실에 들어서고 나서야 연우가 입을 열었다.

"나쁜 애는 아닌 것 같은데, 눈빛이 좀 별로야."

지금 조희수 말하는 거 맞지? 이렇게 묻고 싶었지만 아무 말도 하지 않았다. 교실 안에는 늘 보이지 않게 듣고 있는 귀들이 있으니까.

"사람을 너무 빤히 보잖아. 뭘 따지는 것도 아니고, 괜히 사람 불편하게."

연우는 작게 투덜대고는 자기 자리로 돌아갔다.

보는 시선만으로도 상대를 불편하게 만드는 사람은 다른 사람과 어떻게 관계를 맺어야 하는 걸까. 그래서일까? 조희수는 다른 아이들 속에 섞여 있어도, 사실은 누구와도 친하지 않은 것 같았다. 누구든 그 애의 얘기를 궁금해하면서 들어 줄 수야 있겠지만, 그 애의 말과 행동이 남들에게 어떻게 비칠지를 걱정하고 비밀을 지켜 줄 만한 '진짜 친구'는 없어 보였다.

조희수도 교실로 돌아왔다. 조희수는 아무 일도 없었다는 듯 평온해 보였다. 조용히 그 애를 관찰하는데, 이번에도 교실 어디선가 시선이 느껴졌다.

나는 시선이 느껴지는 곳으로 고개를 돌렸다. 창가 쪽 분단 네 번째 자리, 거기 앉은 여자애가 나를 보고 있었다.

분명 말간 얼굴인데, 왠지 금방이라도 사라질 것처럼 흐릿하게 느껴지는 인상이었다. 원래 저 자리였나? 순간 꿈을 꾸다가 여기가 꿈속이라는 사실을 알아챘을 때처럼 아득한 기분이 들었다. 저 아이 이름이 뭔지, 작년에는 몇 반이었는지, 누구와 함께 다니는지 그리고 언제부터 우리 교실에 있었는지, 생각나는 것이 하나도 없었다.

5.

현수완.

생전 처음 듣는 그 이름을 자리 배치도에서 찾을 수 있었다. 창가 옆 네 번째 자리에 앉는 여자애. 조금만 둘러봐도 이미 교실 여기저기에 그 이름이 있었다. 저번 영어 듣기 평가에서는 94점을 받았고, 이달엔 연우와 같은 자습실 청소 담당이었다.

오랜만에 연우와 둘이 하교했다. 야간 자율 학습을 마치고 하굣길에 맞는 공기가 어느새 조금 달라져 있었다.

나는 조심스레 말을 꺼냈다.

"근데 현수완이라고 있잖아."

"응."

"원래 우리 반이었어?"

내 말에 연우의 눈이 휘둥그레 커졌다.

"나 오늘, 교실에서 걔를 처음 봤어."

"헐, 하승희. 남한테 관심 없는 줄은 알았지만 이 정도였어?"

연우의 말에 대꾸할 수 없었다.

내가 남한테 관심이 없다니. 관심 없는 게 아니라, 없는 척하는 게 아닐까. 나는 눈만 봐도 상대방의 기분이 어떤지, 나를 대하는 감정이 어떤지 바로 읽혀. 그런 것들을 일일이 알아채기 싫어서 차라리 안 보려고 하는 거야. 내가 이렇게 말하면 연우는 어떤 표정을 지을까?

"넌 걔랑 말해 봤어?"

"응. 자습실 청소도 같이하거든."

"정말 전부터 우리 교실에 있었다고?"

"그럼 너 모르게 전학이라도 왔게?"

"누구랑 친한데?"

"글쎄, 특별히 친한 애는 없는 것 같기도 하고. 두루두루 다 친해."

어떻게 나는 현수완의 존재마저 몰랐을 수 있지? 아무리 생각해도 의아했다.

연우와 나는 갈림길에서 헤어졌다. 신호가 바뀌고, 건널목을 건너자 아빠가 웃으며 다가왔다.

"피곤하지? 가방 이리 줘."

같은 반인데 오늘 처음 보는 애가 있었다고 얘기하면 아빠는 뭐라고 하려나? 반 친구들한테 너무 무관심한 거 아냐? 혹시 사이가 안 좋은 거니? 돌아오는 건 아마 이런 걱정 섞인 참견이겠지.

대문을 열고 들어서자 집 안 불이 온통 꺼져 있었다. 숨 막히게 익숙한 정적이었다. 아빠도 비슷한 생각을 했는지, 나를 앞서 먼저 현관문을 열었다. 어두컴컴한 거실 안, TV 불빛만 번쩍거리고 있었다. 그 앞에 앉은 엄마가 고개를 돌려 아빠와 나를 바라보았다.

"엄마, 나 왔어."

"응. 같이 들어오네?"

"요 앞에서 만났어."

"응."

거실 불을 켰다. 아빠가 바닥에 앉아 있는 엄마를 찬찬히 일으켜 소파에 앉혔다. 엄마는 바싹 마른 나뭇가지 같아 보였다.

"씻고 잘게."

"응."

"배 안 고파? 뭐 만들어 줄까?"

아빠가 물었다.

나는 텅 빈 눈으로 TV 화면만 보는 엄마와, 내게 무언가를 기대하는 듯한 눈빛의 아빠를 번갈아 보았다. 살아 있는 사람이라면 마땅히 품고 있어야 할 저 온기를, 저 생기를, 엄마에게도 나눠 주고 싶다는 생각이 들었다.
"아니. 괜찮아."
마음 한구석에 작은 구멍이 뚫린 듯했다. 나는 그만 방으로 들어왔다.

아침에 교실에 들어서니 분위기가 조금 싸늘했다. 나는 의아했지만 묻지 않았다.
4교시 체육 시간이 되어 아이들이 체육복으로 갈아입고 삼삼오오 교실을 나섰다. 그런데 조희수만 그대로 교복을 입은 채 자리에 앉아 있었다. 아무도 조희수에게 다가가서 말을 걸지 않았다.
조희수는 결국 체육 수업에 빠졌다. 반장은 조희수가 몸살 기운 때문에 보건실에 갔다고 했지만, 체육 선생님 말고는 아무도 믿지 않는 눈치였다.
오늘 수업은 리시브 연습이었다. 연우와 해원이 배구공을 들고 나에게 다가왔다. 요즘 연우는 앞자리에 앉은 해원과 붙어 다니는 일이 부쩍 잦아졌다.
"너희 둘이서 해."

내가 말했다.

"왜? 셋이 번갈아 가면서 하자."

"아냐, 괜찮아."

나는 두 사람을 뒤로하고 아까부터 내내 신경 쓰이던 쪽으로 발걸음을 옮겼다. 연습을 시작한 아이들을 지켜보던 현수완이 내 기척을 느꼈는지 멈칫했다.

"안녕."

내가 봐도 뜬금없는 인사였다. 현수완이 천천히 미소 지었다.

"네가 올 줄 알았어."

"뭐?"

"너한테 내가 자꾸 보이잖아."

현수완이 씩 웃으며 말했다. 진심으로 반가워하는 듯한 반응에, 당황스러운 쪽은 오히려 나였다.

오전 내내 현수완을 관찰한 결과, 현수완이 두루두루 친하다는 연우의 말은 사실인 것 같았다. 아침에 등교해서도 아이들과 웃으며 인사를 나누고, 체육관으로 오는 길에도 무리 속에 자연스럽게 섞여 있었다. 그런데도 내가 여태 몰랐던 걸 보면 되게 조용하고 내성적인 아이일 줄 알았는데 예상이 빗나간 느낌이었다.

우리는 같이 리시브 연습을 했다. 수완은 내가 보내는

공을 거뜬히 받아 냈다. 뭐가 그렇게 즐거운지, 공을 튕겨 내면서 자꾸만 웃었다.

체육 선생님이 휴게실로 사라졌다. 아이들도 연습을 끝내고 하나둘씩 바닥에 앉아 수다를 떨었다.

"음료수 마시러 갈래?"

수완이 물었다.

"체육관 나간 거 걸리면 혼나."

"몰래 갔다 오면 돼."

이렇게나 무모한 애였다고? 왜 나는 이런 수완의 존재를 미처 알지 못했을까. 막상 대화를 해 보니 더 이해가 되지 않았다.

체육관을 둘러보았다. 아이들은 족구를 하거나 바닥에 앉아 쉬고 있었다.

"거봐, 아무도 신경 안 써."

나랑 있으면, 하고 수완이 덧붙였다. 내가 자기 존재를 모르고 있었다는 사실을 알기라도 하는 듯한 표정에 괜히 뜨끔했다.

결국 수완과 나는 체육관을 몰래 빠져나왔다. 다행히 아무도 마주치지 않았다. 우리는 음료수를 뽑아서 체육관으로 돌아와 로비 계단에 걸터앉았다.

"너 작년에 몇 반이었어?"

내가 물었다.

"너는 몇 반이었는데?"

"나는 2학년 3반."

"그럼 나는 9반."

앞에 '그럼'은 왜 붙이는 거지? 갑자기 내 시야에 들어온 것부터, 어쩐지 의문투성이인 아이 같았다. 그러나 수완은 아까부터 뭐가 즐거운지 생글생글 웃기만 했다.

그때 체육관 유리문이 열리더니 누가 나왔다. 수완이 지하로 향하는 계단으로 얼른 나를 이끌었다.

"너는 어떻게 걔 말만 믿고 나한테 직접 물어볼 생각을 안 했어?"

"너한테 분명히 들었다는데, 그럼 어떡해."

늘 단짝처럼 붙어 다니는 임승지랑 강세아였다. 이거 몰래 엿듣는 꼴 아냐? 나는 수완에게 눈짓했다. 수완은 "쉿!" 하며 검지를 입에 갖다 댔다.

"뒤늦게라도 오해 풀었으니 됐어. 이제 걔 얘기는 더 이상 하지 말자. 진짜 너무 짜증 나."

"……."

이내 우는 소리가 들렸다. 아씨, 하며 분을 못 이기고 우는 듯한 소리였다. 이렇게 되니 저 아이들이 있는 1층으로 올라갈 수도 없었다. 끝까지 꼭꼭 숨어서 들키지 않는 수

밖에. 위에서는 다시 문이 열리고, 여러 발소리가 들렸다.
"어떡해. 울지 마, 승지야."
위쪽 상황은 보지 않아도 알 수 있었다. 교실에서 우는 사람이 생겼을 때, 빙 둘러싸고 걱정스러운 얼굴로 토닥여 주는 아이들. 그럴 때 나는 주로 떨어져서 지켜보는 쪽이었다. 우리끼리는 알지만 무슨 일이 있었는지 알려 주진 않을 거야. 우는 친구를 달래 주는 아이들은 기웃거리는 다른 아이들에게 눈빛으로 그렇게 말하는 듯했다.
체육 시간이 끝났다. 반 아이들이 모두 나가길 기다렸다가 올라온 덕분에, 우리가 계단에 숨어 있었다는 사실은 들키지 않았다. 복도를 걸으며 노래만 흥얼거리던 수완이 말했다.
"너 괜찮아?"
"뭐가?"
"조희수랑 친하잖아."
무슨 소리지? 나는 잠깐 멍해져 바로 대답하지 못했다.
"내가?"
"응."
"무슨 얘기야. 나 안 친해."
다른 애랑 헷갈린 거 아냐? 그리고 갑자기 걔 얘기가 왜 나와? 묻고 싶은 게 많은데 어느새 교실이었다. 수완은 묘한 미소를 짓고는 자리로 가 버렸다.

교실에서도 아이들은 체육복 차림 그대로, 급식실에도 가지 않고 임승지를 달래 주고 있었다. 착잡한 공기가 그 주변을 맴도는 듯했다. 뒷문이 열리고, 조희수가 들어왔다. 모여 있던 아이들이 뒤쪽을 힐끔거렸다.

조희수는 자리에 앉아 책상을 정리했다. 어이없어, 누가 빈정거렸다. 조희수의 시선이 그쪽을 향했다. 한숨이라도 내쉬는 듯 조희수의 어깨가 작게 들썩였다. 힐끗거리던 아이들이 일제히 시선을 피했다. 무심하기만 하던 눈빛에, 아주 잠깐 멸시하는 기색이 스쳤다. 난 너희가 한심해. 온 얼굴로, 눈빛으로, 조희수는 분명 그렇게 말하고 있었다.

나는 그만 고개를 돌렸다. 아까 의도하지 않게 엿듣게 된 대화보다, 봐서는 안 될 장면을 본 것만 같았다.

6.

 "그 둘이 원래 절친이었잖아. 근데 조희수가 껴서 같이 다니더니, 조희수가 이간질했다나 봐."
 새로운 소문이 돌았다. 체육관에서 엿듣게 된 대화의 전말인 모양이었다. 대화 속 '걔'가 조희수일 거라고 예상은 했다. 우리 반에서 조희수와 붙어 다니던 두 사람의 대화였으니까.
 그 둘은 이제 조희수가 근처에만 다가가도 하던 말을 멈추고 도망치듯 자리를 피했다. 조희수는 쉬는 시간이면 교실 밖으로 사라졌다가 수업 시작종이 울리면 돌아왔다. 그나마 가깝게 지내던 둘과 멀어졌으니, 이제 반에서는 온종일 누구와도 말을 섞지 않는 셈이었다. 이동 수업에 갈 때도 혼자였다. 그렇지만 조희수는 전혀 기죽어 보이지 않았다.

조희수에게 이전에도 비슷한 일이 자주 있었다는 사실과 그 애가 끼는 무리는 얼마 못 가 깨지고 만다는 얘기까지, 도은은 아이들 사이에 떠도는 소문을 자꾸만 전해 주었다. 나도 봤어. 조희수가 교실에서 우는 임승지를 한심하단 눈으로 보는 거. 한마디 보탤 수 있었겠지만 하지 않았다. 중간고사가 코앞으로 다가와 있었고, 무엇보다 나는 지금 고3이었다. 해야 할 일도, 고민도 많았다. 남이 일으키는 교실 속 파도에 같이 휩쓸리기는 싫었다.

"아까 담임이 뭐래?"

"나더러 경영학과 넣을 거 맞냐고, 1학년 생기부에 관련 없는 내용이 너무 많다고 뭐라고 하더라. 아니, 그땐 내가 경영학과 가고 싶을 줄 어떻게 알았겠냐고!"

아이들이 저마다 맞장구쳤다. 3학년이 되니 가장 자주 오르내리는 대화 주제는 대학과 입시였다.

"승희 너는 인문 대학 가고 싶댔지?"

가만히 듣고만 있던 나에게 연우가 물었다.

"그 안에도 전공이 많잖아. 그중에서 뭘 하게?"

"……아직 잘 모르겠어."

그래, 그렇구나. 아이들은 고개만 끄덕였다. 실은 별로 궁금하지 않은 듯했다. 차라리 다행이었다.

나는 그냥, 인간을 공부해 보고 싶어. 우리 엄마 머릿속에서 어떤 일이 벌어지고 있는지 궁금하거든. 이해할 수 없는 사람도 이해해 보고 싶어. 내가 이렇게 말하면, 다들 어떤 표정을 지을까? 사람이라면 유쾌하고 즐거운 이야기를 좋아하기 마련이다. 그런데 누가 이런 무겁고 진지한 얘기를 귀 기울여 들어 주려고 할까.

"아! 부반장 있잖아. 7반 김다예랑 사귀기로 했대."

"대박! 결국 사귄대?"

"남들은 수능 앞두고 헤어지는 마당에 새로 사귀는 애들도 있구나. 대단하다."

갑자기 대화 주제가 바뀌었다. 나는 잠자코 듣기만 했다. 둘만 있을 때도, 무리 속에 있을 때도, 나는 언제나 듣는 역할이었다. 가끔은 나를 답답해하는 아이들도 있었지만, 잘 들어 주는 것만큼 내가 입이 무겁고 눈치가 빠르다는 것을 알아채고는 나를 일종의 '대나무숲'처럼 써먹기도 했다. 비밀이 퍼질까 봐 아무에게도 할 수 없는 얘기를 속 시원히 털어놓고 가는 대나무숲.

수다를 끝낸 아이들을 따라 입시 설명회가 열리는 대강당으로 향했다. 두 줄로 앉은 우리 반 아이들을 아무리 둘러봐도 조희수가 보이지 않았다.

"운동장에서 애들이랑 초코킥킥 먹었지?"

뒤에서 누가 불쑥 다가왔다. 현수완이었다.

"나도 좋아하는데. 초코킥킥."

"언제 봤어?"

"나는 늘 너를 보고 있지."

지난번에도 알 수 없는 말을 하더니, 이런 장난을 좋아하는 건가. 나는 싱거운 말장난을 능청스레 받아 줄 만큼 재밌는 사람이 아니었다. 안타깝지만 상대를 잘못 골랐어. 수완에게 그렇게 말해 주고 싶었다.

"여기 산소가 부족한 것 같지 않아? 머리 아파."

한참 조용하던 수완이 또 뒤에서 말을 걸어왔다. 무시할까 했지만 아프다는 말을 허투루 넘길 순 없었다.

수완과 나는 대강당을 빠져나왔다. 수완이 이번에도 그냥 나가려고 해서, 수완을 보건실에 데려다주고 오겠다고 선생님에게 대신 허락까지 받았다. 본관으로 들어오자마자 수완은 다시 쌩쌩한 얼굴이었다.

"아픈 척한 거야?"

"아깐 진짜 토할 것 같았어. 사람이 많아서 그랬겠지."

허, 하고 헛웃음이 나왔다.

"음료수 뽑아 갈게. 먼저 교실에 가 있어."

"완전 멋대로구나."

수완은 내 말을 못 들은 척 콧노래를 흥얼거렸다. 하도 능청스러워서 그런지, 이상하게도 수완이 밉지 않았다. 이렇게 둘이 돌아다니다간 괜히 더 눈에 띌 수도 있었다. 수완이 음료수를 뽑으러 가게 두고, 나는 교실이 있는 4층으로 올라왔다.

아무도 없는 3학년 복도가 비현실적으로 보였다. 복도 위로 내 발소리만 울렸다. 교실 비밀번호를 누르고 문을 열자, 안에 있던 누군가가 놀란 얼굴로 돌아보았다.

"……."

"뭐 해?"

나는 교실 문을 닫았다. 조희수는 교실 중간에 우두커니 서 있었다.

"입시 설명회 끝났어?"

조희수가 물었다.

"아니. 아직."

조희수가 들고 있던 무언가를 주머니에 집어넣었다. 자세히 보진 못했지만, 작게 여러 번 접은 종이 같았다.

조희수는 자리로 돌아가더니, 자기 책상 앞에서 굳은 듯 멈춰 섰다. 곧 수완도 교실로 돌아올 터였다. 수완을 데리고 강당으로 돌아갈까. 그러기엔 입시 설명회가 머지않아 끝날 시간이었다.

방금 조희수가 서 있던 자리는 임승지 자리였다. 불현듯 조희수가 다가왔다.

"이거 갖다 놓으려고 했던 거야."

조희수는 주머니에서 종이쪽지를 꺼내 펼쳐 보였다. 길고 빽빽하게 쓴 편지글이었다. 내용은 일부러 읽지 않았다. 나는 대강 눈짓만 하고는 고개를 끄덕였다.

"그래. 알겠어."

아주 짧은 순간, 조희수의 눈빛이 흔들렸다. 조희수에게서는 옅게 소독약 냄새가 났다. 보건실에 가면 나는 냄새였다.

"근데 안 주려고."

"왜?"

"그러고 싶으니까."

뭐라고 빽빽하게 적은 것으로 봐선, 그건 분명 비난이 아닌 사과나 해명을 하는 내용이었을 것이다. 자기 상황을 절절하게 설명하고 진심을 전하려던 마음은 애초에 없었다는 듯, 조희수는 어느새 무심한 눈빛이었다.

'조희수 말이야. 자기가 잘못한 게 맞나 봐. 임승지랑 화해하고 싶어 하던데?'

누가 물꼬만 터 준다면, 이야기는 살을 붙여 금세 퍼져 나갈 것이다. 난 그러길 바라는 걸까? 그런 전개를 원하는 마음이, 나에게도 있는 걸까?

　종이 울렸다. 조금 있으면 아이들이 교실로 들이닥치겠지. 조희수는 자리로 돌아갔다. 천천히 심호흡을 하는 듯 보였다. 시합에 나가기 전 선수의 얼굴이 저런 얼굴이려나? 그 모습을 본 순간, 나는 조희수에게 이 교실이 어떤 의미인지 조금 알 것 같았다.

7.

　종이 울린다. 나는 교실 안에 서 있다. 아이들이 분주하게 자리를 찾아 움직인다. 나는 교복 위에 우비를 입고 있다. 등굣길에 비가 온 걸까? 아이들은 모두 자리를 찾아 앉고, 그대로 서 있는 사람은 나 혼자다. 내 자리가 어디였더라. 아무리 떠올리려고 해도 기억나지 않는다. 누가 발아래에서 끌어당기는 것처럼 온몸이 무겁다. 교실 바닥에는 빗물이 고여 있다. 빗물이 원래 이렇게 끈적했나? 한 발씩 들어 걸음을 옮길 때마다 땅으로 푹 꺼질 것만 같은 느낌이 든다.
　왜 내 자리가 기억나지 않을까? 왜 내 자리가 없는 거지? 그러나 생각해 보면 하나도 이상할 것이 없다. 이건 꿈이구나, 알아챈 순간 나는 꿈에서 깨어났다.

시계를 보니 아침 일곱 시가 조금 넘어 있었다. 서둘러 준비해서 도서관으로 갈 때까지, 지난밤 꿈이 자꾸 맴돌았다. 시험 기간이라 열람실 자리가 없을까 봐 불안해서 그런 꿈을 꾼 걸까. 하지만 막상 도착해 보니 열람실에는 드문드문 빈자리가 제법 많았다.

자리를 잡고 문제집을 풀고 있는데 도은이 도착했다. 도은은 책상 위에 엎드렸다가 다시 일어나 멍하니 앉아 있기를 반복했다. 나는 도은을 데리고 자판기가 있는 1층 로비로 갔다.

"무슨 일 있어?"

도은의 눈은 실핏줄이 다 보일 만큼 벌겋게 충혈되어 있었다.

"어제 한숨도 못 잤어."

도은이 음료수를 한 모금 들이켰다. 나는 도은이 잠 못 이룬 이유를 대충 알 것 같았지만 내색하지 않았다.

"최현우랑 새벽까지 톡으로 싸웠어. 나중에는 당장 찾아가서 한 대 쥐어박고 싶더라."

도은은 자기 남자 친구인 최현우의 험담을 한참이나 늘어놓았다. 도은은 평소에도 최현우가 톡 답장이 느리고 기본적인 맞춤법도 자주 틀리는 게 불만이었다. 그런데 얼마 전부터는 최현우가 황태영 무리와 어울리면서 도은의 속을 뒤집어 놓는 모양이었다. 도은은 1학년 때부터 황태영을 증오했다. 황태영이 같은 반 여자애들의 외모 품평을 하다가 도은의 친구를 울린 사건이 그 이유였다.

"황태영 걔는 진짜 쓰레기야."

도은은 저주 섞인 말을 줄줄이 내뱉었다. 그런데도 분이 풀리지 않는 모양이었다.

"최현우는 끼리끼리라는 말을 모르나? 왜 자꾸 이상한 애들이랑 붙어 다니는지 모르겠어."

그런 최현우는 도은과 사귀고, 나는 도은과 친하니, 결국 나도 황태영과 같은 '끼리끼리'가 되는 걸까.

"근데 유독 내 주변에만 이상한 애들이 많은 건가?"

도은이 심각하게 말했다.

"왜?"

"너랑 있을 때도 맨날 나만 누구 욕하잖아. 승희 네 주변에는 이상한 애 없어? 넌 싫은 사람 없어?"

어떤 사람을 '이상한 애'라고 해야 할지는 모르겠지만, 싫은 사람이 없는 것은 아니었다. 내가 이해하지 못할 행동을 하는 사람, 복도에서 마주치면 모른 척 지나가고 싶은 사람, 졸업하면 기억에서 지워 버릴 사람을 모두 싫어하는 범주에 넣는다면 좋아하는 사람보다는 싫어하는 사람이 몇 배는 많을 거다.

"나도 네가 욕한 애들 다 싫어. 황태영도 그렇고."

"하긴."

도은의 표정이 조금 풀어졌다.

"암튼, 이거 다 비밀이야."

도은이 먼저 자리를 털고 일어났다.

유쾌하지 않은 이야기 끝에 '비밀'이라는 단어를 붙이면 마음이 조금은 편해지는 걸까? 도은뿐만이 아니었다. 예전부터 나를 앉혀 두고 이야기를 쏟아 내던 아이들은 이 모든 이야기를 비밀로 해 달라는 말로 대화를 마쳤다. 다들 습관처럼 비밀이라는 말을 써서, 오히려 무엇이 정말 비밀로 해야 하는 말인지 헷갈렸다. 도은이 최현우와 싸운 것이 비밀이라는 건지 황태영 험담을 한 것이 비밀이라는 건지 알 수는 없었지만, 나는 고개를 끄덕였다.

창밖 하늘이 점점 어두워지면서 빈자리가 하나둘 늘어났다. 도은과 나는 도서관 직원이 뒷정리하러 들어오고 나서야 짐을 챙겨 열람실을 나섰다.

"아까 도시락 샌드위치 맛있었어! 어머니한테 잘 먹었다고 말씀드려 줘."

도은의 말에 나는 가만히 웃기만 했다.

엄마가 아니라 아빠 솜씨야. 나는 매일 아침 엄마가 뒤돌아 누워 있는 모습만 봐. 내가 고등학교에 입학한 뒤로,

엄마는 한 번도 아침밥을 차려 준 적이 없어. 이렇게 말하고 나도 "이건 비밀이야."라는 말을 주문처럼 덧붙이면 되는 걸까? 그럼 나도 속에서 울컥대던 것들이 사라지고 가슴이 조금은 후련해질까?

도은과 헤어져 버스에 올랐다. 이렇게 혼자 있는 시간이면, 하루 동안 밖으로 꺼내지 못한 말들이 머릿속을 메운다. 적당한 자리를 찾지 못한 말들이 길을 헤매고 떠도는 것 같았다.

"하승희 너는 속으로 무슨 생각을 그렇게 해?"

"너는 비밀이 많은 것 같아."

친구들한테 종종 듣는 말이었다. 그런 말을 들을수록 나는 더 입을 닫았다. 다른 사람들은 머릿속에 떠오르는 것들을 거르지 않고 전부 얘기한다는 뜻일까? 해야 할 말과 하지 않아야 하는 말을 어떻게 구분하는 거지?

떠오르는 대로 밖으로 다 꺼내기엔, 나는 자기가 뱉어 버린 말 때문에 후회하는 아이들을 너무나 자주 보았다. 날이 선 말로 상대방에게 상처를 줘서, 믿지 못할 사람에게 속마음을 솔직하게 털어놓아서, 눈덩이처럼 불어나 버릴 줄 모르고 거짓말을 해 버려서. 다들 그렇게 다시 주워 담을 수 없는 말들을 두고 후회했다. 그러다가도 이튿날이면 또 아무렇지 않게 떠들어 댔다.

나처럼 생각만 많고 말수는 적은 아이들이 굳이 무어라 한마디 보태지 않아도, 이미 학교는 충분히 요란하고 시끄러운 곳이다. 교실 안팎을 넘나드는 말들이 너무 많아서, 그 말들이 나를 겨냥한 것이 아닌데도 가끔은 거기에 온몸이 짓눌리는 듯했다.

버스에서 내리자, 아빠가 내 책가방을 받아 들었다.

"도서관까지 데리러 간다니까."

"버스 타면 금방인데, 뭐."

"3학년 되니까 가방도 한 짐이네. 이걸 다 어떻게 메고 다녀?"

그때였다.

"승희야."

낯선 목소리였다. 뒤를 돌아보니 조희수가 서 있었다.

우리 동네에 살았던가? 여기서 마주칠 줄이야. 너무 갑작스러워 아무 말도 못 하는 사이에 조희수가 가까이 다가왔다.

"안녕하세요."

"아, 승희 친구인가 보구나."

"네, 같은 반이에요. 조희수라고 합니다."

"그래. 이 근처에 사니?"

"아, 아버지가 데리러 오시기로 해서요."

아빠가 조희수와 나를 번갈아 보았다. 나는 아빠가 무슨 생각을 하는지 알 것 같았다.

"그럼, 아버지 오실 때까지 같이 있어도 될까?"

"괜찮아요. 금방 도착하실 거예요. 전 여기 편의점 들어가 있으면 돼요."

아빠는 그래도 마음이 놓이지 않는 눈치였다. 아빠는 어른이라 모르는 걸까, 모르는 척하는 걸까? 친하지도 않은 애한테 가족을 보여 주는 걸 반가워할 아이가 누가 있을까. 나는 조희수의 가족 앞에서, 지금 조희수가 하는 것처럼 친한 친구인 척 싹싹하게 웃어 보일 자신이 없었다.

"안녕. 먼저 갈게."

나는 그만 가자는 뜻을 담아 아빠를 바라보았다. 아빠는 나를 조금 살피더니 고개를 끄덕였다.

한참을 걷다 건널목 하나를 건넌 뒤에야 아빠가 물었다.

"별로 안 좋아하는 친구야?"

"아니. 왜?"

"표정이 그래 보였어."

"그냥. 안 친해서. 어색해서 그래."

"집에 잘 들어갔는지 톡 하기도 어려운 사이인가?"

"응. 폰 번호도 몰라."

"그래. 어쩔 수 없지."

아빠는 더 묻지 않았다.

집에 도착했다. 안방에서 아무런 기척이 없는 걸 보니 엄마는 잠든 모양이었다. 방으로 와 가방을 정리하는데, 모르는 번호로 문자가 도착했다.

승희야

나 희수야

내 번호를 어떻게 알았지? 우리 반 비상 연락망에서 찾았나? 잠깐 고민하다 답을 보냈다.

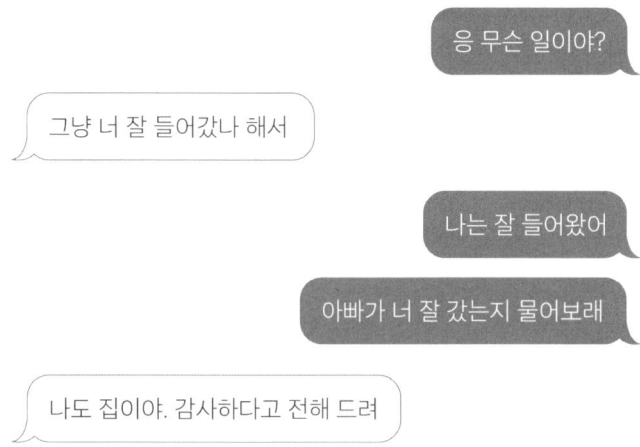

응 무슨 일이야?

그냥 너 잘 들어갔나 해서

나는 잘 들어왔어

아빠가 너 잘 갔는지 물어보래

나도 집이야. 감사하다고 전해 드려

> 너 이 동네 살았어?

> 그런 건 아니고

> 그래서 말인데, 오늘 나 만난 거 비밀로 해 줄래?

얼굴이 화끈거리는 듯했다. 자기가 굳이 불러서 알은척해 놓고 비밀로 해 달라는 이유는 뭘까. 네가 밤늦게까지 우리 동네에서 누구랑 뭘 하고 있었는지 모르는데, 애들한테 무슨 얘기를 하겠어. '말할 생각 없었어.'라는 메시지를 썼다가 지웠다. 조희수가 나를 믿었다면 애당초 이런 얘기를 먼저 꺼내지도 않았겠지.

> 그래 알겠어

> 고마워

'그래.', '푹 쉬어.' 이런 말들을 두고 고민하다가, 그냥 답장하지 않았다. 지난번, 나는 조희수가 임승지에게 전하려다 만 쪽지 얘기를 아무에게도 하지 않았다. 어쩌다 보니 자꾸 조희수의 비밀을 알게 되는 것 같았다. 우리는 분명 친하지 않은 사이인데도.

거실로 나오니 엄마가 소파에 앉아 있었다.

"엄마 자는 줄 알았어."

"자다가 깼어."

"……엄마."

"응."

엄마는 당장이라도 쓰러져 잠들 것 같은 눈이었다. 늘 저렇게 기운이 없는데, 작은 소리에도 깨서 새벽잠을 설치는 날이 많다니 이상하기만 했다.

"애들이 나한테 비밀을 너무 많이 말해."

"……."

"난 그게 싫어."

숨이 막혀 죽을 것 같아. 이 말은 속으로만 했다. 다른 사람도 아닌 엄마 앞에서 그런 말을 할 수는 없었다.

"승희야. 비밀 지켜 주지 마."

"뭐?"

"지키려고 하니까 힘들고 싫은 거잖아."

엄마는 무심히 말했다. 무시무시하면서도 어쩐지 통쾌한 말이었다.

욕실 문 너머에서 들리던 물소리가 그쳤다. 아빠가 수건으로 얼굴을 닦으며 거실로 나올 때까지, 엄마와 나는 아무런 말 없이 TV 화면만 보았다. 방금 엄마와 나눈 대화야말로 진짜 비밀이 되어 사라지리라는 예감이 들었다.

8.

마지막 시험 과목인 수학은 생각보다 쉬웠다. 중간고사가 끝나 후련해하는 얼굴들 사이로 새하얗게 질려 앉아 있는 현수완이 보였다.
"시험 잘 쳤어?"
"수학 시험 치는 꿈을 몇 번이나 꿨는데. 젠장."
수완은 반쯤 넋이 나간 사람처럼 중얼거렸다. 시험 전날에도 공부는 안 하고 『싯다르타』를 읽고 있더니, 기어이 시험을 망친 모양이었다.
종례가 끝나고 교정을 내려오는데 수완이 내 뒤를 졸졸 따라왔다.
"너 어디 살아?"
수완이 물었다.

아주 어릴 때, 친해지고 싶은 아이에게나 하던 질문이었다. 어쩐지 수완이 귀여워 보였다.

"나 수운동. 너는?"

"나는 저어기."

수완이 아파트 단지가 몰려 있는 길 건너 쪽을 대충 가리켰다.

"그래. 잘 가."

"잠깐!"

수완이 다급하게 외쳤다.

"빙수 먹으러 갈래? 내가 살게."

"왜?"

"사 주고 싶으니까."

수완이 뭐 그런 걸 묻냐는 듯, 조금 샐쭉하게 말했다.

수완과 나는 학교에서 약간 멀리 떨어진 빙수 가게로 갔다. 주문을 마치고 우리는 창가 자리에 앉았다. 통창 너머로 거리를 오가는 사람들이 보였다.

"이런 풍경을 한번 보고 싶었어."

수완이 거리의 사람들을 내다보며 나직이 말했다.

"평일 이른 오후에 말이야. 내가 학교에 있을 때 사람들은 뭘 하는지 궁금했거든."

보기보다 감상적인 아이인가? 생각해 보면 나는 여전히

수완에 관해 아는 것이 거의 없었다. 심지어 친한 사이도 아닌데, 시험이 끝난 날 여유롭게 마주 앉아 있다니. 그런데도 어색하거나 불편하지 않았다. 서로가 다른 곳을 바라보면서 이어지는 침묵마저 편안하고 자연스러웠다. 어떻게 이럴 수 있을까?

"사람들은 침묵을 무서워하는 것 같아."

내 말에, 가만히 창밖만 응시하던 수완이 고개를 돌려 나를 보았다.

"그냥, 그런 애들을 자주 봤어. 지금도 말수가 적지만 중학생 때는 더 심했거든. 내가 별말을 안 하니까, 나랑 있으면 아무 얘기나 쏟아 내듯이 말하는 애들이 많았어. 지루하거나 어색해서 그랬겠지. 어쨌든 그 애들을 불편하게 만든 건 나니까, 내가 생각해도 참 별로였어."

"너는 무섭지 않아?"

수완이 물었다.

"나는."

"……."

"침묵보다 말이 더 무서워. 훨씬."

그래서일까? 엄마도 세상과 사람들의 말이 무서워서 입을 닫아 버린 걸까?

"나도 그래."

수완이 답했다.
 나와 눈이 마주치자, 수완이 씩 웃어 보였다. 어른이 지을 법한 너그러운 표정으로. 아까까지만 해도 나이보다 천진하고 조금 어리숙해 보이던 수완이, 문득 어른처럼 느껴졌다.

 중간고사가 끝나자마자 교실은 다시 소란해졌다. 다가오는 체육 대회 때문이었다. 3학년은 앉아서 구경하는 시간이 훨씬 많겠지만, 수업을 듣지 않아도 되니 모두 들떠 보였다.
 회의 시간, 반장의 주도로 체육 대회 때 각자 어느 경기에 참여할지 정했다.
 "이어달리기 나갈 사람? 남자는 됐고, 여자 수가 부족해."
 다들 서로 눈치만 살폈다. 반장은 조금 짜증스러운 듯 손부채질을 해댔다. 운동은 별로 좋아하지 않지만 달리기라면 할 만했다. 나는 손을 들었다.
 "좋아. 하승희 말고 또 할 사람?"
 누가 번쩍 손을 들었다. 현수완이었다. 반장이 칠판에 현수완과 내 이름을 적었다. 그러고는 조금 고민하더니 이름 하나를 더 적었다. 아이들은 회의가 시작될 때부터 내내 비어 있던 자리를 돌아보았다.

회의가 끝나고, 화장실에 다녀올 겸 조용히 교실을 나왔다. 다른 반은 아직 한창 회의 중인지 떠들썩했다. 복도 끝에 이르자, 4층 계단 창가에 조희수의 모습이 보였다.

조희수가 나를 발견하고는 웃으며 손짓을 했다. 이리 오라는 뜻일까, 그냥 인사를 하는 걸까. 머뭇거리던 나는 계단을 올라갔다.

"쟤네 봐. 진짜 웃겨."

조희수가 운동장 한쪽을 가리켰다.

1학년으로 보이는 여자애들 서넛이 모여 있었다. 그중 한 명이 일어나 SNS에서 유행하는 춤을 췄다. 일부러 더 코믹하게 과장해서 추는 모습에, 나머지 아이들은 몸을 들썩여 가며 웃고 있었다.

"누가 몰래 보는 줄도 모르고."

조희수도 소리 내어 웃었다. 여자애들이 하도 즐거워 보여서 전염이라도 된 건가? 나는 별로 안 웃긴데, 같이 웃어 줘야 하나.

"너 체육 대회 때 이어달리기 나가야 해."

그 말에 조희수는 웃음기가 사라진 얼굴로 나를 보았다.

"네가 자리에 없어서 그렇게 정해졌어."

"넌 뭐 하는데?"

"나도 이어달리기."

"너 달리기 잘해?"

"못하진 않아."

"오오."

조희수와 이만큼 길게, 가까이에서 대화를 나눠 본 건 처음이었다. 나도 모르게 자꾸 갈색 눈동자로 눈이 갔다. 조희수의 눈동자 색이 평소보다 더 옅어 보였다.

"반티 맞추려다가 애들이 반대해서 안 했어. 대신 흰색 티셔츠로 맞춰 입으면 돼. 밑에는 체육복."

"흰색? 별론데."

조희수는 무심히 머리를 빗어 넘기다 말했다.

"너 노란색 티셔츠 있어?"

"찾아보면 있을걸? 왜?"

"우리는 그날 노란색 입고 오자."

조희수의 갈색 눈동자가 나를 빤히 바라보았다. 태연히 '우리'라고 묶어 말하는 모습이 천연덕스럽기까지 했다.

"왜?"

"그냥. 재밌잖아."

지난번, 우는 임승지와 달래 주는 아이들을 차갑게 바라보던 눈이 떠올랐다. 하지만 가까이에서 본 조희수는 조금 다른 느낌이었다. 기죽지 않은 척, 자연스러운 척하지만 어딘지 조급해 보인다고 해야 할까.

"……이것도 비밀이야?"

"그게 재밌지 않을까?"

조희수가 픽 웃으며 말했다. 내가 갑자기 툭 꺼낸 '비밀'이라는 단어에도 전혀 움츠러들지 않는 듯했다.

그때 수업이 끝나는 종이 울렸다. 고요하던 복도가 웅성거리기 시작했다.

"나 먼저 간다."

조희수는 나를 지나쳐 계단을 내려갔다. 무심해 보이는 뒷모습이었다. 방금 나눈 대화 속 '우리'라는 말이 우습게 느껴졌다. 그저 예상치 못하게 시작된 대화를 메우기 위한 것일 뿐, 별 뜻 없는 말이었는지도 모른다.

운동장을 내려다보았다. 춤을 추고 떠들던 아이들이 있던 자리엔 이제 아무도 남아 있지 않았다.

9.

 옷장을 뒤져 보니 노란색 폴로셔츠가 있었다. 색이 너무 튀는 것 같아 몇 번 입지 않은 옷이었다. 이 옷을 꺼내 들다니, 이건 조희수한테 말리는 꼴 아닐까. 정작 조희수는 그날 대화를 새까맣게 잊었을지도 모른다. 나는 흰색 티셔츠에 체육복 바지를 입은 거울 속 나를 물끄러미 바라보았다.
 밖으로 나오니 아빠는 벌써 나갈 준비를 마치고 나를 기다리고 있었다.
 "다 챙겼지? 얼른 가자."
 "그냥 버스 타고 가도 되는데."
 "오늘 계주 나간다며. 체력을 비축해야지."
 엄마는 아직 자는 모양이었다. 나는 노란색 티셔츠가 든 가방을 메고 아빠를 따라나섰다.

올해 체육 대회는 학교에서 멀지 않은 공설 운동장을 빌려서 한다고 했다. 운동장이 가까워지자, 우리 학교 학생으로 보이는 아이들이 눈에 띄기 시작했다.

"어?"

"왜 그래?"

아빠가 놀란 눈으로 물었다.

"나 여기서 내려 줘."

"여기서? 지금?"

"응. 친구랑 같이 가려고!"

아빠가 천천히 속도를 줄였다. 나는 아빠에게 인사하고 차에서 황급히 내렸다.

"현수완!"

혼자 걸어오던 수완이 나를 보더니 반갑게 손짓했다. 수완은 분명, 샛노란 티셔츠를 입고 있었다.

"우리 반은 흰색 입기로 했잖아. 까먹었어?"

"아니."

수완은 어깨를 으쓱해 보였다. 그래서 그게 뭐 어쨌다고, 라고 말하는 듯한 표정이었다. 맞춰 입는 게 유치하거나 귀찮다고 느꼈으면 흰옷을 입기 싫었을 수도 있지. 그런데 하필이면 노란색 옷을 입고 오다니. 혹시……?

"조희수가 입고 오자고 했어?"

"웬 조회수?"

수완이 뚱하게 받아쳤다. 반응을 보니 조희수와는 정말 아무런 관련이 없는 모양이었다.

공설 운동장에 도착해서, 나는 입구 옆에 있는 화장실부터 들렀다. 내가 노란색 옷으로 바꿔 입었는데도 수완은 놀라는 기색이 없었다.

운동장 관중석에는 아이들이 반별로 구역을 나눠 앉아 있었다. 수완과 나는 맨 뒷줄에 앉았다. 수완이 아까부터 들고 다니던 커다란 뻥튀기 봉지를 열었다.

"이 녀석들아, 너희는 오자마자 간식이니."

선 캡에 선글라스로 무장한 담임이 한마디 하고는 지나갔다. 반 아이들은 의아하다는 눈으로 힐끗댈 뿐, 왜 다른 색 옷을 입고 왔냐고 묻진 않았다. 나는 조희수의 반응이 가장 궁금했지만, 첫 경기가 시작할 때까지 조희수는 우리 반 구역에 나타나지 않았다. 자기 친구들이 있는 1반 구역에 가 있으려나.

운동장에서 올려다본 하늘은 구름 한 점 없이 맑았다. 경기가 조금 지루해질 때마다, 인기 아이돌로 분장한 1학년 응원단이 트랙에 나와 군무를 췄다.

"오, 이거 에이세븐 노래."

수완이 노래를 따라 흥얼거렸다.

학교 행사 같은 건 귀찮기만 했는데. 이렇게 여유롭게 있으니, 수능이나 입시 따위는 교실에 버리고 온 것처럼 기분이 점점 들떴다.

수완과 나 그리고 조희수가 참가하기로 한 이어달리기 경기는 오후에 있었다.

"한 바퀴 할까?"

수완이 선뜻 물었다. 앞줄에 앉은 연우는 다른 아이들과 웃고 떠드느라 여념이 없어 보였다. 나는 말없이 자리를 털고 일어났다.

우리는 관중석 통로를 따라 걸으며 다른 아이들을 구경했다. 2학년 관중석 사이, 비눗방울을 불거나 물총을 쏘며 장난치는 아이들이 보였다. 완전 축제네, 좋을 때다. 옆에서 수완이 중얼거렸다. 꼭 나이 지긋한 어른 같은 말투였다.

"근데 너 왜 노란색 옷 입고 왔어?"

내가 물었다. 그러자 수완이 무슨 비밀 얘기라도 할 것처럼 주변을 한번 둘러보더니 말했다.

"꿈에서 입고 있었으니까."

"누가?"

"그건 비밀."

수완이 씩 웃었다. 뚱딴지같은 소리나 하면서 비밀이라니. 반대로 수완이 나에게 묻는다면 난 뭐라고 대답해야 할까. 너 혼자만 입고 있으면 머쓱할까 봐, 마침 노란 옷이 가방에 있어서 꺼내 입었어. 이렇게 말하면 되는 걸까? 그게 내 진심일까?

"지금 우리 누구 찾고 있는 거 같지 않아?"

"누구?"

"글쎄."

먼저 말을 꺼내 놓고선, 수완이 자기도 모르겠다는 듯 고개를 갸웃거렸다.

나는 목소리를 낮춰 수완에게 물었다.

"너 혹시 좋아하는 사람 있어?"

"뭐라고?"

수완이 푸하하 웃음을 터뜨렸다. 나도 반쯤 농담으로 물어본 말인데 저렇게까지 크게 웃다니.

"아님 말고. 되게 웃네. 사람 머쓱하게."

그때 오전 경기를 마치고 오후 한 시까지 점심시간이라는 안내 방송이 나왔다. 짧은 산책을 끝내고, 우리 반 자리로 돌아가야 했다.

"나 샌드위치 싸 왔는데. 승희 넌?"

"나는 김밥."

"오, 좋아. 나눠 먹자."

왔던 길을 되돌아 3학년 구역에 도착했다. 1반 반장이 커다란 박스에서 무언가를 꺼내 분주하게 나르고 있었다.

"여기는 반장이 도시락 쏘나 보다."

수완의 말에, 박스에 큼직하게 적힌 '25'라는 숫자가 눈에 들어왔다. 반 인원수에 맞춰 주문했을 테니, 여분이 있을 리 없었다. 1반은 따로 옷을 맞춰 입지 않았는지 전부 하복 체육복 차림이었다.

"쟤도 뻘쭘하겠지?"

"뭐?"

수완의 시선을 따라가자, 맞은편에서 조희수가 걸어오고 있었다. 조희수는 수완과 나를 보고 놀란 듯, 동그란 눈이 살짝 커졌다. 셋이서 비슷한 옷을 입고 마주치니 조금 웃겼다. 조희수가 입은 노란 티셔츠에는 조그맣게 과일 모양 자수가 놓여 있었다.

"우리 마실 거 사러 갈 건데."

수완이 심드렁하게 말했다.

조희수는 수완과 나를 번갈아 바라볼 뿐이었다. 저렇게 대놓고 당황한 모습은 처음 보는 듯했다.

"같이 가든지."

가자, 수완이 내 팔을 툭 치더니 앞장섰다. 왜 갑자기 조희수한테 말을 건 거지? 우리가 뭘 사러 가기로 했다고? 언제? 방금 수완의 입에서 나온 모든 말이 다 의문투성이지만, 가장 이상한 것은 그 애의 태도였다. 수완에게 이런 면이 있었나 싶을 만큼, 평소엔 한 번도 보이지 않던 냉소적인 얼굴.

점심시간이라 그런지 입구 옆을 지키고 있던 선생님도 보이지 않았다. 수완은 지난번에 몰래 체육관을 나가자고 했을 때처럼, 자연스럽게 입구를 빠져나갔다. 나는 들킬까 봐 뒤도 돌아보지 못하고 수완을 따라 나왔다. 아까부터 줄곧 뒤따르던 조희수의 발소리도 조금 빨라졌다.

수완은 근처 편의점에서 생수를 세 병 샀다. 조희수와 나는 말없이 뒤따르기만 했다. 수완은 우리를 이끌고 근처 아파트 단지 안으로 들어갔다.

"너무 멀리 가는 거 아냐?"

"괜찮아. 자유 시간인데, 뭐."

"아까 개회식 때 쌤이 그랬잖아. 밖으로 나가는 건 안 된다고."

"알 게 뭐야."

생각해 보니 언제나 이런 식이었다. 체육 시간, 입시 설명회 그리고 지금. 현수완은 남들 눈을 피해 자리에서 이탈하는 데 재미라도 붙인 걸까? 힐끔 돌아보니 조희수는 흥미로워하는 얼굴이었다. 이 정도는 일탈 축에도 끼지 못할 테지만, 그래도 이렇게 튀는 행동을 해 본 적이 없어 심장까지 요동치는 건 셋 중 나뿐인 듯했다.

우리는 아파트 주차장 옆 정자로 갔다. 수완이 가져온 돗자리 위에 앉아, 각자 도시락을 펼쳐 놓았다. 아빠가 새벽부터 일어나 도시락을 쌌다더니, 3단 도시락에는 김밥, 유부초밥에 과일까지 담겨 있었다. 수완은 마치 셋이서 먹을 거란 사실을 미리 알았던 것처럼, 속을 가득 채워 두툼한 샌드위치 세 개를 꺼내 놓았다.

운동장의 음악 소리가 여기까지 들렸다. 말없이 음식만 꼭꼭 씹어 삼키다, 지금 이 상황이 무척 이상하다고 느꼈다.

"아빠 음식 솜씨가 좋으시다."

수완이 내 김밥을 우물거리며 말했다. 내가 말했었나? 아빠가 싼 거라고?

"나 뵌 적 있어. 승희네 아빠."

조희수가 자랑이라도 하듯 말했다.

"친하다고 유세 떠는 거야?"

수완이 받아쳤다.

"그럼 안 돼?"

"너희 왜 그래?"

참다못한 내가 한마디 했다. 나 모르게 둘 사이에 어떤 사연이 있었던 걸까? 그러나 일단은 무시하자는 쪽으로 마음이 기울었다.

각자 가져온 음식을 나눠 먹었더니, 도시락 세 통을 다 비웠다. 나는 조희수가 입이 짧고 까탈스러울 거라 생각했는데 착각인 모양이었다. 나는 깨끗하게 비운 도시락통을 사진으로 찍어 아빠에게 보냈다.

오후 일정이 시작되려면 아직 여유가 있었다. 아무도 운동장으로 돌아가자는 말을 꺼내지 않았다. 조희수는 아까부터 화단을 자꾸 두리번거렸다.

"뭐 찾아?"

"고양이가 있나 해서."

"고양이 좋아해?"

"털 달린 친구들은 다 좋아하지."

화단을 둘러보는 조희수는 어딘지 너그러워 보였다. 나는 인간에게 친절한 사람과 동물에게 친절한 사람 중 하나를 고르라면, 망설임 없이 후자를 택할 거다. 동물에게 친절한 사람은 인간에게도 너그러울 가능성이 높지만, 그 반대는 그렇지 않으니까.

"수완이 너도 동물 좋아해?"

내가 물었다.

"글쎄. 근데 그들은 나를 좋아해."

"네 착각 아냐?"

조희수가 빈정댔다.

"보면 알지. 너 잘 모르는구나? 걔들도 유심히 보면 다 느껴져. 좋은 거, 싫은 거. 호불호가 있다고. 인간이랑 똑같아."

수완이 가르치듯 하는 말에 조희수는 길게 푼 머리카락을 빗어 넘기며 딴청을 피웠다. 서로 툭툭대는 두 사람이 아슬아슬해 보이기보단 어쩐지 유치하게 느껴졌다. 그 이유는 모르겠지만.

우리는 운동장으로 돌아갔다. 해의 방향이 바뀌어서 그런지, 눈앞에 보이는 풍경이 오전과는 달라진 느낌이었다.

반장이 조희수를 찾아와 오후 경기에 나가야 하니 자리를 지키라고 엄포를 놓았다. 그 때문인지 조희수는 1반 구역으로 돌아가지 않고 수완과 내 옆에 앉아 경기를 구경했다. 우리는 오전에 먹다 남은 뻥튀기를 나눠 먹었다.

셋이서 노란 옷을 입고 줄줄이 앉아 있으면 웃기지 않을까 했는데, 막상 운동장에는 우리보다 더 튀고 요란한 옷을 입은 아이들이 많았다. 우리를 이상한 눈초리로 돌아보는 애들은 있었지만, 내 옆 두 사람이 전혀 개의치 않는 눈치라 나도 크게 신경 쓰이지 않았다.

이어달리기 경기에서는 나 다음에 조희수, 조희수 다음에 수완이 바통을 이어받아 달렸다. 내내 세 번째로 달리다가, 마지막 주자인 수완이 한 명을 앞질러 2등으로 들어왔다. 기대하지 않은 것 치고는 만족스러운 성적이었다. 우리 팀 모두가 기뻐하는 와중에, 조희수가 옆에서 조용히 말했다.

"우리 이름 순서대로 달렸네."

"뭐?"

"승희, 희수, 수완. 이렇게 말이야."

잔잔한 목소리라 그런지, 조희수가 퍽 진지해 보였다.

승희, 희수, 수완. 나는 세 이름을 나란히 되뇌어 보았다. 아주 오래전부터 그 자리에 놓여 있던 이름들처럼, 하나도 어색하지 않았다.

10.

 체육 대회가 끝나니 여름이 성큼 다가와 있었다. 선생님들은 6월 모의고사가 곧 수능 성적이라며 겁주듯 말했다. 체육 대회 때 잠시 들떠 있던 아이들은 다시 날카로워졌다. 조급해진 마음은 사소한 순간에도 툭툭 튀어나왔다. 자습 시간에 누가 책을 떨어뜨리거나 교실 문을 제대로 닫지 않고 나가는 것처럼, 매일같이 일어나는 일에도 바로 인상을 쓰고 서로에게 쏘아붙였다.
 수완은 며칠 전부터 『나르치스와 골드문트』를 읽고 있었다. 냉랭해진 교실 분위기에 전혀 동요하지 않는 듯 보였다.
 "현수완 넌 어느 과 가고 싶어?"
 "나는 골드문트처럼 사는 게 멋져 보여."
 "무슨 뜻이야?"

"궁금하면 읽어 봐."

고3이 책 읽을 시간이 어디 있어, 라고 대꾸하고 싶었지만 한편으로는 시간을 내서 책을 읽는 수완이 대단해 보였다.

체육 대회 날, 도시락을 나눠 먹으며 가까워진 것 같던 조희수는 교실로 돌아오자 다시 본래 모습이 되었다. 쉬는 시간이 되면 어디로 사라졌고, 교실에서 말을 걸기는커녕 나에게 인사조차 건네지 않았다. 그 탓에 우리 반 아이들도 조희수와 나는 당연히 친하지 않은 사이라고 여겼는지, 체육 대회 때 비슷한 옷을 입고 온 것도 우연이라 생각하고 넘어가는 것 같았다.

조희수가 속을 알 수 없는 아이인 것도 여전했다. 교실에서는 나에게 한마디도 하지 않으면서, 집으로 돌아가면 밤늦게까지 메시지로 수다를 떨었으니까.

> 너 이 영화 봤어?

> 나 여기 나오는 남주 좋아해

> 필모 깨기 중

> 처음 들어 봐

> 다음에 찾아서 볼게

> 다음에 언제?

> 수능 끝나고!

조희수는 입꼬리가 아래로 내려간 이모티콘을 보냈다. 조희수는 일주일에 꼭 한 편씩 영화를 본다고 했다. OTT 사이트에서는 주로 옛날 영화를 골라 보지만 극장에서 보는 게 훨씬 좋다고, 지난번 우리 동네에 밤늦게까지 있었던 이유도 이 근처 극장에서만 상영하는 영화를 보러 왔기 때문이라고 했다. 그걸 왜 비밀로 해야 하는지 궁금했지만 묻지 않았다. 고3이 중간고사를 앞두고 그 늦은 시간에 남의 동네까지 영화를 보러 왔다는 것부터 말이 안 되는 얘기니까.

"조희수 걔, 좀 싸하지 않아?"

주말이 되어 도은과 도서관에서 만났다. 도은은 내내 할 말이 있는 눈치더니 나를 휴게실로 데려가 물었다. 도은은 왜 그렇게 조희수를 싫어하는 걸까? 처음으로 그런 의문이 들었다.

"왜?"

"아니, 뭐. 체육 대회 때 보니까 친한 것 같아서."

"친하진 않아."

도은과 나는 초등학생 때부터 알고 지냈다. 지금 내가 불편해한다는 걸 도은이 모를 리 없었다.

아주 어린 시절부터 가깝게 지낸 사이에는 일종의 믿음이자 규칙이 있는 것 같다. 서로에게서 미숙하거나 이기적인 모습을 발견해도 너그럽게 넘어가 줄 것. 함부로 실망이라는 단어를 꺼내지 말 것.

중학생 때, 나는 학교 화장실에서 도은이 내 험담을 하는 걸 우연히 들은 적이 있다. 누가 좋다 싫다 딱 잘라 표현하지 않는 태도가 아무 데나 붙을 수 있는 박쥐 같다고. 그런데도 난 도은을 미워하거나, 하루아침에 갑자기 거리를 둘 수 없었다. 아주 어렸을 때, 아무런 거리낌 없이 온갖 모습을 자유롭게 그려 보며 미래에 어떤 어른이 될 거라는 상상과 기대를 공유했기 때문일까. 아프기 전의 건강한 엄마 모습을 알고 기억하는 유일한 친구이기 때문일까.

"처음엔 걔한테 관심을 갖긴 하지. 기 안 죽고 세 보이는 애들. 안 그런 척해도 다들 그런 애들을 좋아하잖아. 심지어 얼굴도 예쁘고, 약아서 그런지 공부도 잘하고. 그래서 쌤들도 좋아하고."

그 말은, 도은도 한때는 조희수를 선망했다는 뜻일까.

"개랑 같은 중학교 나온 애들은 개 상대도 안 하잖아. 너 들었어? 개 때문에 전학 간 애도 있다는 거."

"전학?"

조희수를 둘러싼 온갖 소문은 전부터 익히 들었지만, 전학 얘기는 처음이었다.

"조희수 걔, 친구 잘 뺏잖아. 걔한테 친구 뺏겨서 혼자 다니다가 결국엔 전학 갔대."

소문의 진위를 의심하기 전에, 조희수라면 그럴 수 있지 않을까 하는 생각이 먼저 스쳤다.

"난 걔한테 상처받은 애들 너무 많이 봤어."

"……"

"너도 그렇게 되는 건 싫거든. 승희 네가 상처받고 그럴 애는 아니긴 하지만."

상처받지 않는 인간이 어디 있겠어, 라고 말하고 싶었다. 하지만 그건 내가 자처한 셈이다. 상대방이 서운해하지 않을 정도로만 적당히 무신경한 인간. 나는 여태 친구들 사이에서 그런 사람인 척하며 나를 방어할 수 있는 거리를 지켜 왔다. 그러지 않으면, 나처럼 많은 비밀을 알고 있는 인간은 그 비밀이 지닌 무게에 짓눌리기 쉬우니까.

아이들은 조희수를 미워하는 게 아니라, 사실은 두려워하는구나. 두려움은 미움과 달리, 상대가 나보다 강하다는 걸 인정해야 하는 더 불편한 감정이었다. 맞서 싸우기보다 아예 피하고 싶은 존재. 내가 무심한 인간을 자처했듯, 그것도 조희수가 스스로 만들어 낸 역할일까?

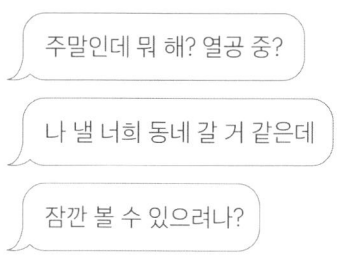

조희수가 문자를 보냈다. 메신저 앱 친구 목록에 뜨지 않는 걸 보면 조희수는 메신저 앱을 사용하지 않는 모양이었다.

조희수는 더는 답이 없었다. 내일 만날 수 있는지 불쑥

먼저 얘기를 꺼내 놓고 도중에 사라지면 어쩌자는 걸까. 내가 다른 애랑 있다고 한 게 마음에 안 들었나? 친구 이름을 일부러 안 알려 준 게 티가 났나? 나도 모르게 자꾸만 방금 대화를 곱씹고 있었다. 휘둘리는 느낌. 알면서도 어쩔 수 없이 휘둘리는 느낌이 들었다. 친구 사이에도 이런 감정이 존재하는 이유는 뭘까. 조희수 같은 애들은 살면서 이런 기분을 느껴 본 적이 있긴 할까.

일요일이 되었다. 아빠는 주말 아침마다 엄마를 데리고 나가 산에 올랐다. 잘 닦아 놓은 산책로를 걷는 거라 어렵지 않은 코스였지만, 엄마에게는 일주일 중 가장 많은 힘을 들여야 하는 일일 거였다.

도은에게 오늘은 도서관에 못 간다고 메시지를 보냈다. 짧은 등산을 끝내고, 근처 국숫집에서 점심을 먹고 집으로 돌아왔다. 부지런한 아빠를 따라 일찌감치 나선 덕분에 아직 이른 오후밖에 되지 않았다.

"무슨 연락 기다리니?"

맞은편에 앉아 노트북으로 일을 하던 아빠가 물었다.

"친구랑 만나기로 했어."

"언제?"

"몰라."

무슨 그런 약속이 다 있니, 라고 말하는 듯한 눈으로 아빠가 나를 보았다. 수행 평가 때문에 읽어야 하는 책으로 시선을 돌렸지만, 내용이 잘 들어오지 않았다.

"아빠가 아는 친구야?"

고등학교 친구 중에서 아빠가 아는 애는 도은과 연우 정도밖에 없었다. 저번에 길에서 본 친구라고 선뜻 답하기 망설여졌다. 그때 아빠는 내가 조희수를 싫어한다고 느꼈을 테니까.

"설마 남자 친구라도 생긴 건가?"

"뭐래? 아냐."

아빠가 저렇게 묻고 나니 휴대폰을 자꾸 볼 수도 없었다. '너희 동네로 가게 되면 연락할게!' 그게 어제 조희수가 마지막으로 보낸 메시지였다. 안 갈 수도 있지만 만약에 가게 된다면, 이런 전제를 깔아 놓은 셈이라 연락이 오지 않을 수도 있었다. 만나면 만나는 거고, 아니면 말고. 그러는 게 쉬운 아이들도 있겠지만 난 아니었다. 그건 너무 무책임한 태도 아닌가?

나는 엄마가 있는 거실로 나왔다. 엄마는 같은 페이지를 한참 들여다보다, 책을 엎어 놓고 멍하니 창밖 마당을 바라보기를 반복했다.

"엄마."

"응."

"우리 반에도 헤르만 헤세 좋아하는 애 있어."

나를 보는 멍한 눈빛에 약간의 의아함이 스쳤다. 엄마가 지금 읽고 있는 게 헤르만 헤세 책이잖아. 그 말이 밖으로 나오지 못하고 덜컥 걸렸다.

"나랑 친한 애야."

"응."

엄마의 대답은 그게 다였다.

엄마는 나에게 궁금한 게 없는 걸까? 속에서 알 수 없는 감정이 울컥거렸다. 전에는 이런 느낌이 들면 얼마 지나지 않아 울음이 터졌지만, 이제는 거기까지 깊어지진 않았다. 그런 걸 보면 하고 싶은 말과 눈물을 더 능숙하게 삼킬 줄 아는 것이 어른이 되어 가는 과정인지도 몰랐다.

조희수에게서는 저녁 먹을 시간이 다 되어서야 연락이 왔다.

우리는 집 근처 공원에서 만났다. 조희수는 캡 모자에 검정 운동복 차림인 나를 아래위로 훑었다.

"학교 밖에서는 이렇게 다니는구나. 편해 보인다."

그러는 조희수는 나풀거리는 긴 원피스를 입고 있었다. 약속이 있었던 모양이지만, 묻지 않는 편이 나을 듯했다.

"온통 검정이네. 안 더워?"

"별로."

"난 조금 더운데. 뭐 좀 마시자."

조희수는 나를 데리고 테이크아웃 커피점으로 갔다. 이 근처 지리에 익숙해 보였다. 마실 것을 사서 우리는 공원으로 돌아왔다.

공원에는 반려견과 산책을 즐기는 사람들이 많았다. 털 달린 친구들은 다 좋아한다더니, 조희수는 강아지들에게서 눈을 떼지 못했다.

"용건이 뭐야?"

참다못한 내가 물었다. 마시던 아이스티가 반밖에 남지 않았다.

"용건이라니?"

"할 말 있어서 부른 거 아냐?"

"그런 거 없는데. 있어야 했나?"

조희수는 조금도 당황하거나 난처해 보이지 않았다. 내내 메시지로만 대화했으니 이렇게 대면하는 건 체육 대회 이후로 처음이었다. 그러나 조희수는 어색해 보이지 않았다. 속으로 도대체 무슨 생각을 하고 있을까.

아이스티를 다 마시면 집으로 돌아가겠다고 말할 참이었다.

"너희 동네에 떠돌이 개 있는 거 알아?"

조희수가 물었다.

"아니."

"크기는 별로 안 커. 집 나온 지는 좀 된 것 같고. 집에서 키우던 애 같던데."

"그렇구나. 난 본 적 없어."

"마주치면 아마 바로 알걸?"

나는 대꾸하지 않고 아이스티만 들이켰다. 어느덧 공원에 서서히 어둠이 깔렸다. 이렇게 하릴없이 앉아 생김새도 모르는 개 얘기를 하고 있다니.

"너 어디로 가? 버스 타고 가?"

"벌써 가게? 이거만 다 마시고 가."

저녁 먼저 먹어, 라고 아빠에게 메시지를 보냈다. 조희수는 집에서 기다리는 사람이 없는 걸까. 그러고 보니 조희수의 가족도, 사는 곳도 몰랐다. 조희수는 나에게 메시지를 보낼 때도 주로 오래된 영화나 외국 배우 얘기만 늘어놓을 뿐, 정작 친구 사이에 당연히 알아야 하는 것들은 꺼내 놓지 않았다.

조희수가 누구와 어디서 뭘 하다 왔는지는 알 수 없고 알고 싶지도 않지만, 중요한 일을 끝내고 나서 나하고는 별 영양가 없는 말로 시간을 때우고 있다는 느낌을 떨쳐 내기 힘들었다. 걔는 원래 그래. 자기 필요할 때만 사람 부려 먹잖아. 이기적이고 자기밖에 몰라. 도은이나 누가 지금 이 상황을 본다면, 당장 그렇게 말할 것만 같았다.

"근데 있잖아."

"응?"

"체육 대회 때, 왜 나한테 같은 옷 입고 오자고 그랬어?"

더 늦어지기 전에 꼭 묻고 싶은 말이었다. 조희수가 나를 물끄러미 보았다.

"진짜 몰라서 묻는 거야?"

"모르니까 묻지."

하, 하고 한숨 비슷한 소리를 내며 조희수가 작게 웃었다. 그러고는 고개를 돌려 그네 타는 꼬마들을 바라보았다. 아무 말도 하지 않고, 묘한 미소를 띤 채 그 아이들만 보았다.

헤어지고 집으로 돌아온 뒤에야 대답을 들을 수 있었다.

> 너랑 친해지고 싶어서 그랬어

답을 들었지만 마음은 더 복잡해졌다. 조희수는 지금껏 얼마나 많은 아이들에게 저런 말을 했을까. 친한 친구란 뭔지, 친해진다는 건 어떤 감정과 과정을 필요로 하는 일인지 알긴 할까?

나한테 언제부터 그렇게 관심이 있었어? 혹시 네 비밀을 잘 지켜 줘서 나 정도면 괜찮겠다고 생각한 거야? 내가 울고 있어도, 너는 그렇게 차가운 눈으로 지켜보기만 할 거야?

보내지도 못할 말만 자꾸 맴돌았다. 나와 친해지고 싶다는 상대방의 표정과 눈빛은 어떤지, 목소리는 또 어떤지. 그런 것을 알 수 없어 더 답답했다.

아 그래

당연한 걸 물었나 봐

조희수와 메시지는 더 이어지지 않았다.

11.

게시판에 새로운 청소 당번표가 붙었다. 모두 담당 구역과 짝이 바뀌었는데 조희수와 나만 그대로 계단 청소였다. 나는 반장에게 가서 이유를 물었다.
"왜? 계단 청소 편하지 않아?"
반장의 반응이 충분히 이해되었다. 끝도 없이 밀려드는 수행 평가나 시험에 비하면 청소 당번은 사실 하찮은 일일 테니까.
"알았어. 다음엔 분리수거 담당하든지."
"다른 데로 바꿔 주기만 하면 돼. 뭘 하든 상관은 없고."
반장은 피곤해하는 기색으로 고개만 끄덕였다.
조희수 자리는 비어 있었다. 나는 청소 도구를 챙겨 계단으로 향했다. 복도 끝 화장실에서 나오는 현수완이 보였다.

"어디 가?"

"계단 청소."

"너희 같은 청소 구역 아냐? 왜 매번 따로 가?"

"나도 그게 의문이야."

수완은 낯선 멜로디를 흥얼거리며 나를 뒤따랐다. 4층 계단에 도착했지만 조희수의 모습은 보이지 않았다. 누가 벌써 치우고 간 것처럼 깨끗했다. 나랑 친해지고 싶다면서 왜 학교에서는 말 한마디 걸지 않고, 같이 할 수 있는 당번 일도 굳이 따로 하는 건지.

"진심 이해가 안 되네."

"뭐라고?"

바깥을 구경하던 수완이 나를 돌아보았다.

"넌 누구한테 친해지고 싶다는 말 들어 본 적 있어?"

내가 물었다. 갑자기 너무 이상한 질문을 던졌는지도 몰랐다.

"아니. 하지만 말 안 해도 알지. 그런 건 눈에 다 보이거든. 나랑 친해지고 싶어 하는 수많은 인간들."

역시, 현수완에게 꺼낼 만한 얘기는 아니었다.

"누가 너랑 친해지고 싶대?"

"뭐, 그냥."

"근데 표정이 왜 그래? 싫은 사람처럼."

내 표정이 그랬구나. 나도 몰랐던 속마음을 들킨 것만 같았다.

"꼭 무슨 의도라도 있는 것 같잖아. 친해지는 건 자연스럽게 되는 거 아닌가?"

누가 들으면 "너 왜 그렇게 꼬였어?"라고 대꾸할 법한 얘기였다. 그 상대가 조희수라는 사실을 알고 나서도 그럴 수 있을지는 모르겠지만.

"걔는 방법을 잘 모르잖아. 너도 알다시피."

너무나 당연한 사실을 얘기하듯 무덤덤한 말투에 나는 멈칫했다.

"……지금 누구 말하는 거야?"

"당연히 조희수지. 걔 말고 우리 사이에 누가 더 있니?"

수완이 창밖을 내다보며 대답했다. 수완의 시선 끝, 화단 벤치에 조희수와 1반 여자애들 셋이 모여 있었다.

분명 네 사람이 동그랗게 마주하고 있는데도 한 사람만 동떨어져 보였다. 나머지가 자연스럽게 웃고 떠드는 와중에, 한 명만 그 아이들을 관망하듯 바라보며 거리를 지키고 있었다. 다른 아이들이 손뼉까지 치면서 웃고 자지러지자, 조희수도 짧게나마 미소를 지어 보였다. 그러고는 이내 다시 지루하다는 얼굴로 돌아왔다.

공원에서 만난 날, 산책하는 개들에게서 눈을 떼지 못

하고 멍하니 바라보던 조희수의 옆얼굴이 떠올랐다. 그때도 나를 불러 놓고 뭘 하려는 건지 의중은 알 수 없었지만, 적어도 그 순간만큼은 조희수가 꾸밈없이 자연스러워 보였다.

수완과 나는 교실로 돌아왔다. 방금 청소를 했는데도 교실 공기는 무겁고 답답했다.

수업이 시작됐다. 왼쪽 옆을 돌아보면 조희수, 오른쪽 뒤를 돌아보면 현수완이 앉아 있었다. 나는 어느 쪽으로도 돌아볼 수 없었다.

걔 말고 우리 사이에 누가 더 있니, 하던 수완의 말이 맴돌았다. 둘은 사이가 그리 좋아 보이지 않았으니 따지고 보면 두 사람 사이에 내가 있는 건데. 교과서 한 귀퉁이, 나는 우리 교실이 작은 사각형이라고 생각하고 그 안에 작은 점 세 개를 찍었다. 지금 조희수와 나, 수완이 앉아 있는 자리였다.

수업이 끝나고, 수완이 도서실 도장이 찍힌 책 더미를 내 책상 위에 내려놓았다.

"같이 좀 들어 줘."

"나 참."

책을 들고 수완을 따라나섰다. 조희수는 웬일인지 1반으로 가지 않고 자리를 지키고 있었다.

"우리 도서실 가는데, 같이 갈래?"

싫으면 그냥 무시해. 네가 친해지고 싶대서 나도 성의를 보이는 것뿐이야. 나는 그렇게 말하고 싶은 마음을 누르며 조희수를 바라보았다. 이상하게 조금 긴장되었다. 조희수는 머뭇거리는 듯하더니 현수완과 나를 따라 나왔다.

우리는 말 없이 복도를 걸었다. 조희수는 내가 들고 있는 책 한 권을 가져갔다. 테너시 윌리엄스의 희곡이었다.

"이거 알아. 영화로 봤어."

나는 책으로도 영화로도 본 적 없는 작품이었다. 나보다는 수완과 대화가 잘 통하지 않을까. 그러나 수완은 아무것도 듣지 못했다는 듯 심드렁한 얼굴이었다.

빌린 책을 반납하고 나와서야 수완이 조희수에게 말을 꺼냈다.

"야, 잔돈 있어?"

"삥 뜯는 거야?"

조희수가 어이없다는 듯 웃었다.

"좀 출출한데."

수완이 투덜거렸다. 도서실이 있는 후관에서 본관으로 넘어가는 통로 사이에는 주스와 과자를 뽑을 수 있는 멀티 자판기가 있었다. 우리는 그 앞에 멈춰 섰다.

"나 잔돈 있어."

87

나는 휴대폰 케이스에 끼워 둔 지폐를 꺼냈다. 이 돈으로 살 수 있는 건 봉지 과자 하나였다.

우리는 나란히 복도를 걸어가며 과자를 나눠 먹었다. 가운데에서 두 사람에게 과자 봉지를 번갈아 내미는 게 여간 귀찮은 일이 아니었다. 둘은 내가 봉지를 내밀 때마다 사양하지 않고 과자를 한 움큼씩 꺼내 먹었다. 문득, 내가 지금 뭘 하는 건가 싶어 픽 웃음이 났다.

"왜 웃어?"

조희수가 물었다.

"뭘 물어. 웃긴 생각이 났겠지."

수완이 받아쳤다.

3학년 복도로 들어서자, 복도를 오가는 아이들이 우리를 자꾸 돌아보았다. 저기 좀 보라는 듯 곁눈질을 하는 아이들도 있었다. 조희수는 매일같이 이런 시선을 감당하는 걸까?

"가끔 심심할 때 말이야."

수완이 말을 꺼냈다.

"지금이 꿈속이라고 상상해 봐. 아니면 게임 속도 좋고. 그러면 쓸데없는 걸 무시하기 쉬워져."

수완은 그렇게 말하고는 먼저 교실로 들어가 버렸다. 뭘 무시해? 난데없이 무슨? 나는 의아한 눈으로 조희수를 바라보았다.

"쟤는 갑자기 엉뚱한 소리야."

조희수도 황당하다는 듯 말했다.

"아, 수완이 원래 그래."

내 말에 조희수가 웃음을 터뜨렸다. 억지로 웃는 것도 아니고 비웃는 것도 아닌, 그저 정말 재밌다는 웃음. 학교 안에서 조희수가 저렇게 웃는 모습은 처음 보는 듯했다.

다행이다. 진심인지 아닌지 헤아릴 필요조차 없을 만큼 보기 좋게 휘어지며 웃는 옅은 갈색 눈을 본 순간, 나도 모르게 든 생각이었다.

12.

"엄마, 우리 동네에 떠돌이 개가 있대. 본 적 있어?"

TV에선 엄마가 가장 좋아하는 프로그램이 나오고 있었다. 엄마는 항상 오래된 드라마 재방송을 보거나 동물 얘기가 나오는 프로그램에서 채널을 멈췄다. 마침 어느 동네에서 길 잃은 진돗개를 구조해 새 주인을 찾아 주었다는 사연이 나오는 중이었다.

"어떻게 생겼어?"

"몰라. 친구가 봤대."

"……."

"그, 보리밥집 개 말하는 거 같은데?"

옆에서 빨래를 개던 아빠가 끼어들었다.

"식당 마당에 풀어놓고 키우는 개 있거든."

"길에 돌아다닌다던데?"

"응. 원래 그래. 그러다 알아서 집 찾아가."

위험하지 않나? 나는 아빠한테 들은 얘기를 그대로 조희수에게 전했다.

> 엄마랑 아빠랑 주말마다 등산하거든
>
> 하루는 개가 등산로 초입까지 들어왔길래 구조를 해야 하나 싶어서 따라가 봤는데
>
> 그 식당으로 들어가더래

주인은 왜 그렇게 두는 거지?

이해가 안 되네

그러고는 대화가 뚝 끊겼다. 방금 나눈 대화를 다시 읽어 보니, 조희수는 조금 화가 난 것 같기도 했다. 너도 〈애니멀 농장〉 좋아해? 우리 집 최애 프로야. 이렇게 수다를 떨고 싶던 마음이 주춤했다.

한참 뒤에야 조희수에게서 메시지가 왔다.

> 주말에 같이 공부할래?

> 내가 너희 동네로 갈게

 조희수는 지도 앱에서 스터디 카페 링크를 보냈다. 우리 집에서 멀지 않은 곳이었다. 그래 알겠어. 나는 고민하지 않고 바로 답을 보냈다.

 우리 동네에서 다시 만난 조희수는 전보다 한결 편한 차림이었다. 면 티셔츠에 통이 넓은 바지, 질끈 묶은 머리가 지난번 원피스보다 자연스러워 보였다.
 우리는 스터디 카페에 자리를 잡았다. 옆자리에 앉은 조희수는 가방에서 스프링 노트를 꺼내 뭔가를 끄적였다. 교실에서는 못 보던 물건이었다. 나는 소리를 낮춰 물었다.
 "그게 뭐야? 플래너?"
 "응."
 "구경해도 돼?"
 조희수가 고개를 끄덕였다.
 노트를 펼쳐 보았다. '수학 인강 듣기', '탐구 문제집 풀기' 이런 내용이 적혀 있을 줄 알았는데, 칸마다 아주 작은 글씨로 긴 글이 적혀 있었다.

"일기 아냐? 안 볼래."

"왜? 별 내용 없는데."

"속지가 궁금했던 거야. 아무것도 안 적힌 페이지 없어?"

나는 노트를 빠르게 넘겼다. 그때, 노트 사이에 꽂혀 있던 메모지가 팔랑거리며 떨어졌다.

우산 없으면 내 사물함에 있는 거 쓰고 가.

읽을 생각은 없었지만, 짧아서 한눈에 들어왔다. 나는 메모지를 주워 노트와 함께 돌려주었다. 조희수는 말없이 메모지를 노트 안에 끼워 넣었다. 한눈에 봐도 남자애 글씨체였다. 이거 뭐야, 너 남친 있어? 상대가 조희수가 아니었다면. 아니, 내가 아니었다면 누구라도 그렇게 묻지 않았을까.

난 이런 상황에 놓일 때마다 입을 꾹 닫아 버리게 된다. 아직 준비되지 않은 사람에게 어떤 대답을 요구하는 건, 이유도 알려 주지 않고 어린아이의 손에서 사탕을 뺏는 것만 같은 기분이 든다. 난 적어도 이 두 가지가 크게 다르지 않다고 생각하는데, 왜 사람들은 그걸 모를까? 내가 틀린 걸까?

우리는 저녁을 먹기 전에 조금 걷기로 했다. 생각보다

덥지 않아 걷기에 좋았다.

 지난번에 조희수와 만났던 동네 공원에서 드디어 떠돌이 개와 마주쳤다. 개는 정자 옆 화단에서 킁킁대며 풀 냄새를 맡고 있었다. 일고여덟 살로 보이는 꼬마들이 소리를 죽여 다가갔다.

 "야, 너희. 그럼 안 돼."

 조희수가 단호하게 말했다. 꼬마들이 멈칫하더니 공원 입구 쪽으로 도망치듯 달려갔다. 탁, 꼬마들이 손에 쥐고 있던 무언가를 멀리 던졌다.

 "저런 못된 건 어디서 배우는 건지."

 조희수의 얼굴 위로 경멸하는 기색이 스쳤다. 나는 아무것도 못 들은 척, 떠돌이 개에게 시선을 돌렸다.

 개는 우리가 다가가도 경계하지 않고 계속 풀 냄새를 맡았다. 아빠에게서 들었던 생김새 그대로였다. 몸길이는 내 팔보다 조금 짧고, 베이지색에 흰색 털이 섞여 있었다. 털이 좀 덥수룩한 것 말고는 온 거리를 떠돌아다닌 개치고는 멀끔해 보였다.

 "여기, 목에 이름표 있다."

 나는 목에 있는 펜던트를 가리켰다. 가죽끈에 달린 동그란 펜던트에는 '마루'라고 적혀 있었다. 이름표까지 달아준 걸 보면 주인이 있는 개가 맞는 모양이었다. 개는 이제 화단의 풀을 뜯어 먹었다.

"간식이라도 들고 올걸 그랬다."

조희수가 아쉽다는 듯 말했다. 조금 전, 동네 꼬마들에게 냉랭한 눈으로 말할 때와 다른 사람 같았다.

마루는 한동안 공원을 구경하더니, 울타리 틈으로 빠져나갔다. 우리는 약간 거리를 두고 마루를 뒤따랐다.

꼬리를 살랑이면서 여기저기 킁킁대며 가던 마루는, 우리가 조금 뒤처진다 싶으면 그 자리에 멈춰 뒤돌아봤다. 얼른 따라오라고, 기다려 주는 듯했다. 함께 산책이라도 하는 기분이었다.

마루는 작은 골목을 몇 개 지나 어딘가에 도착했다. 아빠가 말한 식당이었다. 우리는 마루가 식당 안으로 들어가는 모습까지 확인하고 나서야 갔던 길을 되돌아왔다.

우리는 떡볶이가 맛있다고 소문난 분식집에 갔다. 조희수는 매운 떡볶이를 잘도 먹었다.

떡볶이를 다 먹고 나와서 버스 정류장까지 걸었다. 조희수가 탈 버스를 함께 기다리며 앉아 있으니, 마치 친한 친구라도 되는 듯한 느낌이었다. 하지만 나는 여전히 조희수가 헷갈렸다. 마루를 괴롭히려던 꼬마들을 경멸하던 눈빛과, 마루를 보며 웃던 모습 중 어느 쪽이 더 본모습에 가까운지.

아까 조희수가 나에게 서슴없이 보여 주려고 한 일기에는 어떤 얘기들이 적혀 있을까. 거기에 현수완과 내 이름도 있을까? 문득 확인해 보고 싶었다. 조희수가 나를 얼마나 믿는지. 우리가 정말 친구라고 생각하는지.
"저번에, 밤에 여기서 우리 아빠랑 마주쳤을 때 말이야."
"응."
"그때 너 뭐 하고 있었어?"
왜 너랑 만난 걸 비밀로 해 달라고 했어? 시험을 앞두고서 영화를 보러 여기까지 왔다는 게 정말이야? 여전히 조희수에게는 이해할 수 없는 점이 많았다.
"김선우 만났어."
조희수는 일말의 머뭇거림도 없이, 그렇게 툭 말했다. 오래전부터 그렇게 대답하려고 준비해 온 사람처럼.
"승희 넌 걔랑 말 안 하지."
김선우와 내가 친하지 않다는 것쯤이야 우리 반 애들이 다 알 테지만, 대화한 적도 없다는 사실은 유심히 지켜봐야만 알 수 있었다. 조희수가 교실에서 티 나지 않게 지켜보고 있던 건 누구였을까. 나일까, 김선우일까.
"걔 좋아해?"
우리가 가깝게 지내려면 난 그 답을 알아야 했다. 아마 조희수는 이 말의 의미조차 모르겠지만.

"그런가? 잘 모르겠다."

"……."

"정말 몰라서 그렇게 말한 거야."

조희수는 한결 잔잔해진 목소리로 말했다. 이건 거짓말이 아니라고, 모호하게 둘러대는 말이 아니라고. 그러니 섭섭해하지 말라고. 마치 나를 달래는 듯한 말투였다.

조희수가 탄 버스가 출발하고 나서도, 나는 정류장에 남아 한참이나 그 자리를 떠나지 못했다.

고작 열아홉 살이지만, 나는 내 삶에 이정표를 세워 두고 싶다는 생각을 자주 했다. 게임을 저장해 두었다가 다시 거기서부터 새로 시작할 수 있는 것처럼. 뭔가 잘못됐다고 느끼는 순간, 뭔가를 잃어버렸다고 느끼는 순간. 그 순간을 만들어 낸 선택이 있기 이전의, 이정표를 세워 둔 어느 시점으로 다시 돌아갈 수 있다면 얼마나 좋을까?

나는 이 대화를 오래 기억하기로 했다. 끝내는 나도 조희수에게서 다른 아이들이 말하는 이기적이고 나쁜 면을 발견하게 됐을 때, 그걸 못 본 체하는 데 지쳐 체념하게 됐을 때. 그래도 어느 순간에는 조희수가 나를 진심으로 믿고 좋아했다는 사실을 잊지 않고 되돌아볼 수 있도록.

13.

체육 수업은 뜀틀 수행 평가였다. 한 명씩 나와 검사를 받고 남은 시간은 자습이었다. 다들 공부하러 피곤한 얼굴로 곧장 교실로 올라갔지만, 나는 집중이 되지 않을 것 같아서 수완과 함께 스탠드 그늘에 남았다.

"우리 반 김선우 있잖아."

학교에선 처음 불러 보는 이름이었다. 고작 이름 한 번 부른 게 뭐라고, 불쑥 가까워진 듯한 착각이 들었다.

"응. 쟤?"

수완이 운동장에 남아 공을 차는 남자애들 쪽을 가리켰다. 지치지도 않나. 아니면 공부 스트레스를 저렇게 푸는 건가. 다들 벌겋게 상기된 얼굴이었다. 그 사이로, 진지한 얼굴로 공을 받아 내는 김선우가 보였다. 큰 키에 멀끔하게 생겼을 뿐, 딱히 눈에 띄는 외모도 아니었다.

"쟤 어떤 것 같아?"

말을 뱉고 보니 기분이 이상했다. 다른 아이들이 나에게 와서 수도 없이 묻던 말이었다. 그렇게 운을 떼고 시작한 대화는 보통 험담으로 이어졌다.

"그건 네가 잘 알지 않아?"

수완이 심드렁하게 대답했다. 뭘 알고서 하는 말일까? 예상치 못한 반응에 나는 잠시 멈칫했다.

"저기 네 친구 온다."

"뭐?"

조희수가 다가오고 있었다. 조희수는 우리 옆에 앉아 수완에게 책 한 권을 건넸다.

"훔친 거야?"

수완이 시비조로 물었다.

"싫으면 말고."

"아냐."

수완이 책을 받아 들었다. 수완이 요즘 내내 끼고 다니는 책이었다. 교실에 들러 수완의 자리에서 가져온 모양이었다. 수완은 책상다리를 하고서 무릎 위에 책을 펼치더니 바로 독서에 열중했다.

아까 무리 지어 교실로 들어가는 아이들 사이에서 혼자

팔짱을 끼고 걸어가던 조희수의 모습이 떠올랐다. 난 조희수를 부르고 싶었지만, 하필 그 순간 임승지네 무리와 눈이 마주쳤다. 그 애들은 몇 번이나 나를 힐끔거렸다.

수완은 오래된 소설을 읽고, 조희수와 나는 그 옆에 앉아 운동장을 내려다보았다. 나는 조희수의 시선이 닿는 곳을 바라보았다.

왜 좋아하는 마음은 숨겨지지 않을까. 조희수처럼 자기 마음을 숨기는 데 능숙한 아이도 어느 순간에는 경계가 풀려 버리는 모양이었다. 조희수는 자기가 김선우를 좋아한다는 사실을 왜 모르는 걸까. 자기 마음을 제대로, 깊게 들여다본 적이 없어서일까.

이런 게 진짜 비밀로 지켜 줘야 하는 일이겠지. 습관처럼 내뱉어지고 누구한테 강요받은 비밀이 아니라, 상대가 먼저 비밀이라는 단어로 포장해 짐을 지우는 말들이 아니라, 내가 그걸 알고 있다는 사실마저 숨겨 주고 싶은 진짜 비밀.

수완을 따라 도서실에 다녀왔더니, 다들 급식을 먹으러 갔는지 교실은 비어 있었다.

나 해원이랑 먼저 밥 먹을게!

책상 위에 연우가 남긴 쪽지가 올려져 있었다. 조희수는 이미 1반 교실로 갔고, 나는 수완과 함께 급식실로 향했다.
"왜 제육볶음은 안 받았어?"
"나 고기 안 먹어."
이렇게 말하고는 수완이 미역국을 한 입 떠먹었다. 같이 급식을 먹으니 몰랐던 사실도 알게 되는구나.

식사를 마친 나는 수완이 밥을 다 먹을 때까지 잠자코 기다렸다. 중학생 때, 같이 급식을 먹던 한 친구가 너는 왜 그렇게 밥을 빨리 먹냐고 불평한 적이 있었다. 기다려 줄 테니 천천히 먹으라고 말했지만, 그 애는 얼마 지나지 않아 다른 무리와 급식을 먹었다. 친구 사이에는 밥 먹는 속도를 포함해서 서로 참고 맞춰 줘야 하는 게 너무나 많았다.

수완은 여태 따로 어울려 다니는 무리 없이 반 여자애들이 우르르 급식실에 갈 때 묻어가는 듯했다. 그래서인지 나랑 급식을 먹는 것도 전혀 어색해 보이지 않았다. 모든 아이들과 일정한 거리를 두면서, 어느 누구와도 그 이상 친밀하지는 않게 지낸다는 건 어떤 기분일까. 누구와 가까워진다는 것은 상대방의 비밀과 감정을 공유한다는 뜻일 텐데, 거기에서 벗어나면 마냥 후련하고 편해질 수 있을까?

급식실에서 돌아왔더니 여자애들이 모여 앉아 떠들고 있었다. 가까이 가자 아이들의 이야기가 갑자기 뚝, 하고 끊겼다. 우연이겠지. 나는 신경 쓰지 않는 척하며 책상을 정리했다.

연우가 내 자리로 찾아왔다.

"급식 수완이랑 먹었지?"

"응."

"기다리다가 수완이랑 있을 것 같아서 먼저 갔어. 미안."

"괜찮아."

분명 서운하지 않았는데, 연우가 사과하는 모습을 보자 그제야 가슴 한구석에서 무언가 울컥댔다. 뒤에서 지켜보던 임승지가 연우에게 다가와 팔짱을 꼈다.

"매점 가자!"

"승희 너 뭐 사다 줄까?"

"아냐. 괜찮아."

둘은 뒷문 쪽으로 향했다. 임승지가 비어 있는 조희수 책상을 발로 툭 건드렸다. 일부러 찬 건가? 우연히 부딪힌 거겠지. 그때 갑자기 임승지가 뒤를 돌아 나를 보았다. 내 반응을 살피는 듯, 기분 나쁜 눈초리였다.

"……"

임승지와 연우는 그렇게 교실을 나갔다. 난데없이 얻어맞은 기분이었다.

나는 복잡해진 기분을 떨치려 교실을 둘러보았다.

아이들은 수험생이라는 사실을 잠깐 잊기라도 한 듯, 무리 지어 수다를 떨고 있었다. 교실 어디에도 조희수는 보이지 않았다.

자리에 앉아 혼자 책을 읽는 수완에게 시선이 멈췄다. 막상 함께 대화해 보면 내뱉는 말마다 엉뚱하고 독특한 수완이지만, 마음만 먹으면 얼마든지 교실 안에서 자기 존재감을 지워 버릴 수 있는 아이 같았다. 하나같이 자기 존재감을 잃지 않으려고 애쓰는 교실 안에서, 수완만 그 분위기에 조금도 연연하지 않는 것처럼 보였다.

중학생 때, 나와 같은 무리에 있던 A와 B가 지금은 기억나지 않는 이유로 싸운 적이 있다. A는 나에게 와서 B 험담을 하고, B는 나에게 밤마다 전화를 걸어 A를 향한 불만을 쏟아 냈다. 나는 둘 중 누구 말이 맞는지 알 수 없었다. 어쩌면 A와 B는 중간에 있는 내가 나서서 중재자 역할을 해 주기를 내심 바랐는지도 모른다. 그렇지만 나는 그때 전혀 다른 생각을 했다. 무리 따위, 없어졌으면 좋겠다고.

왜 같은 무리 안에 있다는 이유로, 어느 대상을 우르르 표적으로 삼고 또 다른 대상에게는 우르르 열광하는 일을 반복해야 하는 건지 알 수 없었다. 그런데도 난 A 얘기를 들을 때는 A에게 공감했고, B와 있을 때는 B에게 감정을 이입했다. 중간에서 각자의 얘기를 진지하게 들어 줄 뿐,

험담에 동조하지 않는 게 내가 둘을 위해 지킬 수 있는 선이라고 생각했다.

어쩌면 도은의 말이 맞는지도 모른다. 나는 모두에게 미움을 사지 않고, 적당히 잘 지내고 싶은 마음이 컸으니까. 그건 내 욕심일까? 왜 교실 안에서는 누구를 함께 미워하지 않는 게 치사한 행동처럼 보이는 걸까?

연우는 한참 뒤에야 교실로 돌아왔다. 평소 같았으면 내 자리로 찾아와 간식을 나눠 먹었을 텐데, 오늘은 그러지 않았다. 예비 종이 울리자 아이들이 각자 자리로 흩어졌다. 연우가 다가오더니 내 책상 위에 무얼 내려놓았다. 자두 맛 사탕이었다.

"수업 잘 들어."

연우 뒤에서 임승지가 또 빤히 지켜보고 있었다. 안됐다, 그 아이 얼굴엔 분명 그렇게 쓰여 있었다. 진심으로 걱정하는 눈빛이 아닌, 남의 아픔을 멀찍이 물러나 구경하면서 보내는 묘한 통쾌함이 담긴 눈빛.

보통 이런 기분이 들면, 내 예감이 어긋난 적은 없었다. 교실에는 나도 포함된 소문이 떠도는 모양이었다. 그 내용은 알 수 없지만, 같이 언급되는 이름들은 충분히 알 것 같았다.

14.

 오늘도 수완과 급식을 먹었다. 어쩌다 수완과 급식을 먹게 된 뒤로, 반 아이들은 자연스럽게 수완과 나를 두고 먼저 급식실로 가 버렸다. 연우, 해원, 나 이렇게 셋이 있으면 한 명은 빈 의자를 마주 보고 밥을 먹어야 하니까. 아니면 내가 밥을 빨리 먹으니까 같이 먹기 힘들었던 거겠지. 나는 그렇게 생각을 정리했다.
 급식을 먹고 나서 수완을 따라 도서실로 갔다. 우리는 도서실 복도 창가에 서서 바깥을 무심히 내다봤다.
 "애들이 나를 피하는 것 같아."
 내가 말했다.
 "그래?"
 수완은 내가 별 뜻 없이 하는 말이라고 여기는 모양이

었다.

"말로 표현하긴 애매한데. 그냥 느껴져. 이상하게 그런 건 너무 잘 느껴져."

나도 좀 둔감한 인간이었다면 얼마나 좋을까. 그러면 세상을 살기가 훨씬 더 편할 텐데. 학교엔 사람이 너무 많았다. 나와 잘 맞는 사람, 맞지 않는 사람, 잘 맞는 것 같다가도 어느 한순간 틀어져서 맞지 않는 쪽이 돼 버릴 사람이 모두 모여 있었다.

"조희수도 이런 마음일까."

지금 내 옆에 있는 사람이 수완이 아니었다면, 밖으로 절대 꺼내지 못할 말이었다.

"그러게 내가 조희수 조심하라고 했지."

"반에 친구 없으니까 너한테 붙은 것 좀 봐."

며칠 전, 도은은 나에게 와서 그렇게 말했다. 그런 거 아니야, 나는 애써 도은의 말을 웃어넘겼다.

도은이 전해 준 소문 속에서, 조희수는 연우와 나를 갈라놓은 장본인이 되어 있었다. 사실 연우와는 자연스럽게 소원해진 거고, 조희수는 연우에게 별 관심이 없었다. 내 앞에서 연우 얘기를 꺼낸 적도 없으니까. 무엇보다 연우와 멀어지면서 가까워진 사람은 조희수가 아니라 수완이었다.

"넌 서른 살이 되면 어떨 것 같아?"

수완이 물었다. 당장 1년 뒤에 내가 원하는 대학에 가 있을지도 막막한데 서른 살이라니.

"글쎄. 모르긴 해도 여전히 마음에 안 드는 것투성이겠지."

나는 어른이 된다고 해서 저절로 성숙해지거나, 모든 것이 완성되어 있으리라고는 생각하지 않는다. 그렇다면 우리는 언제쯤 가장 원하는 모습으로 완성될 수 있는 걸까?

"고양이랑 살아 본 적 있어?"

수완이 또 물었다.

"아니, 없어. 왜?"

"걔들은 열 번 쓰다듬을 때까지는 좋다고 골골거리다가, 열한 번 쓰다듬었다고 갑자기 깨무는 애들이야. 도무지 속을 알 수가 없어."

알고 보면 조희수는 개, 수완은 고양이에게 빠져 있는 걸까.

"승희 넌 좋은 집사가 될 거야."

"뭐야, 갑자기. 키운 적 없다니까."

수완이 어깨를 으쓱해 보였다.

"대하다 보면 알게 돼. 언어가 달라도 충분히 교감할 수 있거든. 말로는 전달이 안 되는 게 훨씬 많잖아. 말이 무서울 만큼 무게를 지닐 수 있는 경우는 딱 하나야. 말 한마디로 사람을 살릴 때."

지난번, 침묵보다 말이 더 무섭다고 한 걸 기억하는 모양이었다. 수완의 말을 단번에 이해할 수는 없었지만, 더 묻지 않아도 충분했다. 수완의 말마따나, 말로는 표현할 수 없는 것이 많을 테니까.

조희수와 나는 우리 동네 스터디 카페에서 다시 만났다. 공부를 끝내고 마실 것을 사서 공원으로 향했다. 오늘도 반려견과 산책하는 사람들이 많았다.

"수완이가 나보고 고양이 키우면 잘 키울 거래."

그런가? 조희수가 고개를 갸웃했다.

"현수완이랑 둘이서 밥 먹더라?"

"응."

"왜?"

"어쩌다 보니까. 그렇게 됐어."

조희수가 음료수를 한 모금 마셨다. 적어도 아이들이 말하는 소문 속에서는, 그 이유가 자신이라는 사실은 생각하지 못하는 눈치였다.

"근데 너랑 수완이는 왜 틱틱거려?"

"걔가 먼저 그러니까. 그리고 걔 좀 이상하잖아."

"수완이가?"

"여기 사람이 아닌 것 같아."

"무슨 그런 말이 있어."

조희수는 운동화 뒤꿈치로 바닥을 탁, 탁, 하고 쳤다.

"나도 같이 먹을까?"

"응?"

"그냥. 귀찮으니까."

번번이 1반 교실로 친구들을 찾아가는 게 귀찮다는 뜻인 듯했다. 조희수는 그네 타는 아이들만 바라볼 뿐, 나와 눈을 마주치지 않았다. 잠깐 고민했다. 조희수와 셋이 함께 다니면, 정말 조희수가 연우와 나 사이를 갈라놓은 것처럼 보이지 않을까.

"됐어. 그냥 해 본 소리야."

"왜? 같이 먹어."

"아냐."

조희수는 갑자기 처음 듣는 영화 이야기를 시작했다. 줄거리가 복잡한 데다 그걸 설명하는 조희수의 얘기도 장황해서, 내가 무어라 끼어들 여지가 없었다.

우리는 공원에서 나와 근방을 걸었다. 골목 어디에서도 마루의 모습이 보이지 않았다. 우리는 누구도 그러자고 말하지 않았는데도, 마루를 따라갔던 식당 쪽으로 걷고 있었다.

식당 앞에 도착했다. 주차장까지 들어가서 기웃거려도 마루를 찾을 수 없었다.

열린 문으로 식당 안을 살폈지만, 거기에도 마루는 없었다. 아직 동네를 떠도는 중인지도 몰랐다. 정류장으로 가는 길에라도 마루를 만나길 바랐지만 마루는 보이지 않았다.

버스 정류장에 다다르자, 영화 얘기를 수다스럽게 떠들어 대던 조희수가 입을 꾹 닫은 채 아무 말이 없었다. 아까 모습도, 지금 모습도 평소와 달랐다. 어쩐지 신경이 쓰였다.

"희수야."

조희수가 나를 돌아보았다.

"우리 집에서 저녁 먹고 갈래?"

나를 보는 옅은 갈색 눈이 조금 커졌다.

"그래도 돼?"

"응. 전에 우리 아빠도 봤잖아. 너 보면 반가워할걸?"

거짓말은 아니었다. 아빠는 내가 누굴 데려가든 내 친구라는 이유로 환대해 줄 테니까. 조희수가 아까 나에게 상처를 받았다면, 그런 것쯤이야 깨끗하게 잊을 수 있을 정도로.

"근데 오늘은 일찍 가야 해."

"그래. 다음에 놀러 와."

전광판에는 25번 버스가 바로 전 정류장에 있다는 안내가 떴다. 조희수는 다시 조용해졌다. 고요해진 옆얼굴을 보는데, 어릴 때 내 모습이 떠올랐다.

어린 나는 내가 갖고 싶은 걸 말하지 못해서, 그걸 엄마가 먼저 알아줄 때까지 입을 꾹 다문 채 버티기만 했다. 그렇게 버티다가 지쳐 버려, 엄마 입에서 드디어 내가 원하는 것이 나왔을 때도 기뻐하지 못하고 그냥 울어 버렸다. 모든 아이가 자기가 원하는 걸 얻기 위해 쉽게 떼를 쓴다고 생각하지만, 그러지 못하는 아이들도 있다. 그냥, 그럴 수 없게 태어나는 아이들이 있다. 자기가 원하고, 자기가 느끼는 대로 표현하지 못하는 아이들. 상대방의 반응이 두려워, 진짜 마음을 꾹꾹 눌러 가면서 사는 아이들.

조희수가 탄 버스가 떠나고, 나는 집으로 돌아왔다. 혹시나 하는 마음에 계속 거리를 살폈지만, 마루와 마주치지 못했다.

아빠는 평소 산책을 하면서 동네 고양이 밥을 챙겼다. 오늘은 저녁을 먹고 나서, 나도 아빠를 따라나섰다. 아빠와 나는 뒷산 산책로 어귀까지 천천히 걸었다.

"아까 친구랑 동네 걸었는데 마루를 못 봤어."

"마루?"

"그 보리밥집 강아지. 이름이 마루였어."

"그렇구나. 잘 어울리는 이름이네."

"그쪽으로 가 보면 안 돼?"

"그러자."

아빠와 나는 식당 쪽으로 향했다. 영업시간이 끝나 식당 불은 꺼져 있었다.

"영업 마치면 집으로 데려가는 것 같던데? 집에 갔을 거야."

아빠가 나를 달래듯 말했다. 밤 산책에서도 마루를 만나지 못했다는 사실은 조희수에게 말하지 않는 편이 나을 것 같았다.

"아빠. 저번에 정류장에서 만난 애 기억나?"

"응. 기억하지."

"다음에 집에 데려와도 돼?"

"그럼. 당연한 걸 묻고 그래."

아빠는 흔쾌히 답하면서도 조금 놀란 듯 보였다.

"……나는 치사해지기 싫은데, 자꾸 그렇게 되는 것 같아."

흐음, 아빠의 표정이 복잡해졌다.

"승희 네가 얼마나 배려심이 많은데. 치사하다니."

"아냐. 아빠는 모르는 치사함이 있어."

"그건 아빠도 똑같아. 그렇게 생각하면 안 치사한 사람이 어디 있겠어."

"친구한테 치사하진 않을 거잖아."

아까 조희수가 같이 급식을 먹자고 했을 때 나는 분명 망설였다. 누가 나에게 묻지 않았는데도 나는 또 혼자서 그럴싸한 이유를 갖다 붙이고 있었다. 현수완이랑 조희수는 눈만 마주쳐도 서로 쏘아붙이는데 조용히 급식을 먹을 수 있을까. 지금까지야 장난처럼 넘어갔지만 자꾸 반복되고 쌓이다 보면 진짜 시비로 번질 수도 있다.

그때 아빠가 발걸음을 멈췄다.

"어르신, 무슨 문제 있으세요?"

허리가 굽은 할머니가 마을 분리수거함을 맨손으로 뒤적이고 있었다.

"도와드릴까요?"

아빠가 다시 물었다. 할머니는 들리지 않는 듯 혼자 중얼거리며 재활용품 더미만 파헤쳤다. 할머니의 텅 빈 눈이 무서워 보였다. 나는 아빠에게 그만 가자고 눈짓을 보냈다.

할머니는 엉거주춤한 자세로 폐가전제품을 쌓아 둔 쪽으로 걸어갔다. 할머니가 낡은 선풍기를 집어 들었다.

"들어 드릴게요. 댁이 어디세요?"

기어이 아빠는 그 옆으로 다가가서 선풍기를 대신 들었다. 할머니는 손을 휘저었다.

"괜찮아요. 저희도 이쪽으로 가는 길이에요."

할머니는 하는 수 없다는 듯 먼저 걸음을 옮겼다. 할머니는 골목길을 걸어가면서도 계속 뭐라고 중얼거렸다. 억양을 보니 욕지거리 같았다. 분명 나보다 왜소하고 힘도 없어 보이는데, 돌변해서 역정을 낼 것 같은 위협감이 들었다. 나 혼자 있었다면 절대 먼저 돕겠다고 선뜻 나서지 않았을 거다.

골목 끝 외떨어진 주택 앞에서 할머니가 멈춰 섰다. 할머니는 선풍기를 휙 빼앗아 들더니, 고맙다는 말 한마디 없이 대문을 밀고 들어갔다.

나는 아빠 팔을 잡아당겼다.

"얼른 가."

"그래."

"이상한 할머니야."

나는 뒤도 돌아보지 않고 골목길을 걸었다. 우리 동네에 이런 곳이 있었나 싶을 만큼 낯선 곳이었다. 아무도 돌보지 않는 듯 쓰레기가 쌓여 있고, 지저분한 밭과 공터가 이어졌다. 골목을 빠져나올 즈음, 저 멀리서 개들이 동시에 컹컹 짖어 대는 소리가 희미하게 들렸다.

아빠와 나는 대낮처럼 환한 상가 거리로 들어섰다. 힐끗 올려다본 아빠 얼굴은 평온하기만 했다. 어떻게 저렇게 아무에게나 호의를 베풀 수 있는 걸까? 아마 아빠 같은 사람들은 모를 것이다. 별다른 이유 없이 소문의 대상이 되고 남들의 미움을 받는 사람이나, 그 사람을 안쓰럽게 여기면서도 결국엔 자신마저 상처받을까 몸을 사리고 치사해지는 마음이 있다는 사실을.

15.

등굣길부터 쏟아진 장대비가 오후까지 이어지는 날이 반복되었다. 장마가 지나고 무더위가 시작될 무렵이면 기말고사가 기다리고 있었다. 궂은 날씨 탓인지 다가오는 시험 탓인지, 교실 공기는 눅눅하기만 했다.

"에어컨 온도 좀 봐. 너희 안 춥니?"

영어 선생님이 혀를 내둘렀다. 너무 습해요, 아이들이 툴툴거렸다. 수업 시간에 교실 뒤쪽에서 자꾸 콜록대는 기침 소리가 들렸다. 아이들은 거슬린다는 듯 날카로운 눈으로 돌아볼 뿐이었다.

수업이 끝난 뒤, 나는 조희수 자리로 갔다. 에어컨 바람이 곧바로 내려왔다.

"괜찮아?"

조희수는 어깨를 조금 움츠린 채 고개만 끄덕였다. 그때 누가 옆으로 지나가면서 조희수의 책상 위에 뭐를 툭 내려놓았다. 체육복 집업이었다. 체육복 주인인 김선우는 그대로 교실 밖으로 나가 버렸다. 조희수는 생각이 많아진 표정으로 체육복만 물끄러미 내려보았다. 나는 체육복을 조희수의 어깨에 걸쳐 주었다.

나는 조희수를 데리고 4층 계단으로 갔다. 조희수는 그새 체육복을 벗어 손에 들고 있었다.

"복도는 더워서."

조희수가 변명하듯 말했다.

아무도 없는 운동장은 비에 젖어 짙은 색이었다. 몇 달만 있으면 졸업인데도 학교라는 공간이 여전히 낯설고 이상하게 느껴질 때가 있다. 당장 교실 냉방만 해도 모두에게 적당한 온도를 찾을 수 없어 피해를 보는 사람이 생긴다. 어쩌자고 이렇게나 많이, 서로 다른 사람들을 한곳에 모아 놓은 걸까?

"웃긴 얘기 해 줄까?"

조희수가 물었다.

"나 어제, 마루네 식당에 전화했잖아. 거기 강아지 잘 있냐고."

"그랬더니 뭐래?"

"잘 있대. 되게 퉁명스럽더라. 어이없겠지. 식당에 전화해서 그런 거냐 물어보니까."

조희수는 그런 반응이 익숙하다는 듯한 표정이었다.

"……그게 왜 웃긴 얘기야?"

"넌 안 웃겨?"

오히려 내 질문이 이상하다는 듯, 조희수가 눈을 동그랗게 떴다.

"엄청 한심하게 보던데. 왜 매번 이상한 데 집착하냐고."

"누가?"

"그냥. 다들."

조희수가 창문을 조금 열었다. 빗소리가 쏟아질 듯 밀려들었다. '다들' 속에는 그동안 조희수와 가까웠다가 멀어진 사람들, 가족까지 모두 포함되려나.

"어떻게 하는 게 정상적으로 좋아하는 건지 모르겠어."

옆에서 아무도 듣지 않는 것처럼 힘없는 목소리였다. 뭐라고 대답해야 좋을까. 내가 적당한 대답을 고르는 동안, 쏟아지는 빗소리만이 우리 사이를 메웠다.

수완과 급식을 먹고 도서실에 갔다. 수완은 요즘 시집에 빠져 있었다. 창가 자리에 앉아 시집을 필사하는 수완을 구경하다가 나는 신간 구역으로 갔다.

> 지금 어디야?

연우에게서 온 메시지였다. 학교 안에서 따로 연락해서 찾을 만큼 다급한 일이 뭐가 있을까. 보통 상대방이 갑자기 이렇게 운을 떼면, 뒤따라오는 것은 반갑지 않은 얘기들이었다. 심장이 쿵쿵 뛰었다. 나는 애써 마음을 가라앉혔다.

> 나 도서실

> 무슨 일이야?

> 매점으로 올 수 있어?

> 물어보고 싶은 게 있대

'누가?'라고 묻고 싶었지만, 일단 '알겠어.'라는 답을 보냈다. 수완에게 말도 없이 나온 게 걸렸지만, 도서실을 나서는 발걸음은 빨라졌다.

매점 구석 테이블에 연우와 임승지가 앉아 있었다. 임승지는 나를 보고는 어색하게 웃었다.

"이거 마셔."

연우가 나에게 딸기우유를 내밀었다. 나는 연우 옆자리에 앉았다.

"도서실 시원하지?"

연우가 물었다.

"교실이랑 비슷해."

"교실은 좀 춥지 않아?"

연우의 말에 임승지가 고개를 끄덕였다. 겨우 이런 얘기나 하려고 부른 건 아닐 텐데. 임승지는 그동안 몇 번이나 나를 냉랭하게 쳐다본 일은 마치 없었던 것처럼 미소를 지어 보였다.

두 사람은 나를 앞혀 두고 공부가 힘들다는 한탄을 늘어놓았다. 나는 쓸데없는 대화가 길어지지 않도록 대꾸하지 않고 듣기만 했다.

"근데 승희 넌 성격이 되게 좋은 것 같아."

임승지가 조심스러운 투로 말했다.

"나 희수랑 2학년 때도 같은 반이었거든. 그땐 별로 안 친해서 몰랐는데……."

임승지는 말을 멈추고 내 반응을 살폈다. 응, 그렇구나, 그런 말들이 습관처럼 튀어나올 것 같았지만 아무 말도 하지 않았다.

"걔 성격을 받아 주기가 힘들었던 것 같아."

자기 마음을 마치 관찰자처럼 거리를 두고 말하면 죄책감이 좀 덜해지는 걸까.

"성격이 어떤데?"

내가 물었다.

"승희 너는 그렇게 느낀 적 없어? 걔가 워낙 자기밖에 모르잖아. 기분 내키는 대로 이랬다저랬다, 사람 헷갈리게. 그러면서 자기 속마음은 절대 말 안 하고, 중요한 건 두루뭉술 넘어가고."

내가 동조한다고 생각했는지 임승지의 목소리가 커졌다. 옆에서 연우가 끼어들었다.

"있잖아, 걔랑 김선우랑 사귀어?"

진짜 묻고 싶었던 건 이거였구나. 나도 잘 모르는 내용이라 차라리 다행이었다.

"애들이 그러던데. 김선우 체육복도 입고 다니고."

내가 왜 같은 반 친구한테, 그것도 친했던 애한테 따로 불려 나와 이런 대화를 해야 하는 걸까. 울컥 화가 나서 임승지에게 물었다.

"근데 넌 조희수랑 싸운 거야?"

임승지는 조금 놀란 듯했지만, 금세 표정을 바꿔 웃어

보였다.

"아니. 사실 학교에서만 같이 다닌 거지 별로 친하진 않았던 것 같아. 같이 다니니까 좀 불편해서 세아랑 둘이서만 다니고 싶다고 그랬어."

"애들은 조희수가 너희 둘을 이간질했다고 하던데."

"그런 건 아닌데, 누가 그래?"

소문도 소문이지만, 내가 직접 들었어. 체육관에서 너희 둘이 얘기하던 거. 그렇게 대답할 순 없었다.

"나도 처음엔 그런 줄 알았어."

옆에서 연우가 거들었다. 내가 난처할까 봐 도와주려는 게 느껴졌다. 임승지의 눈이 날카로워졌다.

"암튼 난 걔 땜에 좀 힘들었어. 근데 승희 너는 잘 지내니까 신기해서."

"그래."

나는 고개를 끄덕였다. 더 하고 싶은 말이 없었다.

두 사람을 두고 먼저 교실로 돌아왔다. 온몸에 힘이 다 빠진 듯했다. 대화가 아니라 시합이라도 마친 느낌이었다. 치열하게 머리를 굴리고 눈치를 봐 가며 서로의 진짜 속마음을 알아내려는 게임.

"너 순간 이동 할 줄 알아?"

수완이 어느새 돌아와서 물었다. 도서실에서 새로 빌린

책을 한가득 안은 채였다.

"애들이 갑자기 불러서 먼저 나왔어. 미안."

"뭐, 그럴 수 있지."

수완은 내 자리에 책들을 내려놓았다. 그러고는 교복 주머니에서 뭔가를 꺼내 내밀었다.

"시험 기간이니까."

"고마워."

시험 때마다 사 마시는 비타민 음료였다. 내가 이걸 자주 마신다는 얘길 했던가?

"어디서 났어? 이거 매점에선 안 팔잖아."

"오는 길에 샀지."

"나 주려고?"

수완은 씩 웃고 말 뿐이었다. 순간 이동 타령하는 것을 보면 분명 유치하고 엉뚱한 구석이 많은 수완이지만, 아주 가끔은 내가 말하지 않은 부분까지 들여다보고 아는 것 같은 눈을 했다. 이미 이 순간을 여러 번 지나온 것 같은 사람의 표정 같다고 해야 하나. 말도 안 되는 상상이지만, 그래도 그런 수완이 있어 이 교실이 조금은 견딜 만했다.

16.

 시험을 앞둔 마지막 주말에는 조희수와 만나 함께 공부하기로 했다. 조희수는 마루가 궁금해서 겸사겸사 우리 동네로 오겠지만, 매번 우리 동네에서만 보는 게 미안해서 다음번엔 내가 조희수 집 근처로 가겠다고 했다. 조희수는 나중에, 라고 둘러댈 뿐이었다.
 우리는 마루네 식당에서 점심을 먹었다. 마루는 1미터도 채 안 되는 끈에 묶여 있었다. 자유롭지만 위험하게 길거리를 돌아다니는 게 나은지, 이렇게 꼼짝없이 묶여 있는 게 더 나은지 헷갈렸다. 우리는 주인 아저씨한테 허락을 받아 근처 한 바퀴만 마루를 산책시키기로 했다.
 "이런 고3은 우리밖에 없을걸?"
 "잠깐인데 뭐 어때."

조희수는 마냥 기분이 좋아 보였다. 우리는 마루가 이끄는 대로 줄을 잡고 뒤따라 걸었다. 요 며칠 내리 이어진 비에 땅은 아직 젖어 있었다. 마루는 물에 젖은 땅 냄새가 마음에 드는지, 길거리와 화단 여기저기에 코를 대고 킁킁거렸다.

"시험 끝나면 물어보려고 했는데."

벤치에 앉아 마루가 여기저기 냄새 맡는 모습을 보던 조희수가 말을 꺼냈다.

"며칠 전에 임승지랑 무슨 얘기 했어?"

예상치 못한 질문이었다. 조희수는 내내 마루만 보고 있었다.

"걘 아직도 나 싫어하려나?"

"왜 그렇게 생각해?"

"몰랐어? 나 싫어하는 애들 많아."

조희수는 마치 다른 사람 얘기를 하듯 말했다.

"……너랑 김선우랑 사귀는지 물어봤어."

"그래서 뭐라고 했어?"

"대답 안 했어."

조희수는 여전히 시선을 저만치 멀리 두고 있었다. 무슨 생각을 하는지 알 수 없는 옆얼굴. 임승지가 힘들어한 것도 이런 순간이었을까?

"넌 왜 걔랑 안 사귀어?"

"선우는 나 안 좋아해."

"안 좋아하는데 춥다고 자기 체육복 챙겨 주고 그래?"

왕! 마루가 이제 다른 곳으로 가자는 듯 우리를 불렀다. 조희수가 자리에서 일어섰다.

나는 조금 황당하다는 투로 말했다.

"근데 걔가 그렇게 잘났어? 다들 왜 그렇게 궁금해해?"

이렇게 누구에 대한 묵은 감정은 의도치 않게 튀어나와 버린다. 조희수는 조금 놀란 눈으로 나를 내려다보았다. 그러다 결국 소리 내어 웃음을 터뜨렸다.

우리는 마루를 데려다주고 스터디 카페로 돌아왔다. 마루는 짧은 산책이 아쉬운 듯, 건널목을 건너는 우리를 그 자리에 우두커니 서서 끝까지 지켜보았다. 책상에 앉아 문제집을 펼쳤는데도 줄에 묶여 있던 마루의 모습이 자꾸 맴돌았다.

그러다 문득, 사실 마음껏 돌아다닐 수 없기는 나도 마루와 비슷한 처지가 아닐까 하는 생각이 들었다. 그만큼 이 좁은 책상에 앉아 손이 저리도록 문제를 풀고 있는 이 상황이 영원히 끝나지 않을 것처럼 막막했다.

이번 시험이 끝나면, 수능이 끝나고 수험 생활이 끝나면 마냥 후련해질까? 또 다른 시험들이 끝없이 반복되는 것 아닐까? 계절이 한 차례 돌아, 매미가 우는 소리를 다시 듣게 될 때면 나는 어디에 있을까? 원하는 대학에서 내가 꿈꾸던 모습으로 지내고 있을까?

우리는 같은 실에서 공부하던 사람들이 모두 자리를 떠나고 나서야 짐을 챙겨 나왔다.

"넌 내년 이맘때쯤 어디에 있을 것 같아?"

버스를 기다리는 동안 내가 물었다.

"몰라. 어디엔가 있을 것 같기도 하고, 어디에도 없을 것 같기도 하고."

"그런 대답이 어딨어."

"정말 아무것도 안 그려져서 그래. 먼저 예상해 버리면 그 일은 절대 안 일어날 것 같기도 하고."

"……"

조희수의 목소리는 먹먹했다. 그럼 가장 원하지 않는 상황을 예상하면 되겠네, 라고 가볍게 대꾸할 수가 없었다.

"유치원 다닐 때였나? 친척 집에 갔다가 그 동네에서 어떤 모르는 할머니를 마주쳤는데 우리 엄마보고 그러더라. 얘는 얼마 못 살 거라고."

"뭐?"

"그거 말고는 기억나는 게 없어. 조금 자라선 그 할머니가 무당이었나? 했는데 지금 생각해 보면 정신이 온전하지 않은 사람이었던 것 같기도 하고. 엄마가 속상해할 것 같아서 그때 그 사람 누구냐고, 엄마도 그 말이 기억나냐고 묻지 못했어. 근데 너무 어릴 때 듣고 놀라서 그런가? 그 말이 자꾸 생각이 나."

"헛소리네. 잊어버려."

갑자기 화가 났다. 왜 사람들은 책임지지 못할 말을 그렇게도 쉽게 내뱉는 걸까.

"그 뒤로는 나한테 나쁜 말들만 들러붙는 느낌이야."

"……."

"넌 어떤 느낌일지 모를 거야. 평생 몰랐으면 좋겠다."

교실 안 모두가 입시만을 바라보면서 한 등급이라도 더 올리려고 기를 쓰고 애태우는 동안, 조희수는 존재 자체에 대한 불안을 안고 있었던 걸까. 원하는 대학에 가고 직업을 얻는 것도 결국엔 살아 있어야만, 살아남아야만 가능한 일이니까. 꿈, 바람, 기대. 그런 단어들이 조희수에겐 얼마나 희미하고 멀리 있는 것일지 헤아려 보니, 나도 덩달아 아득해졌다.

갈게, 조희수가 버스에 올라타며 말했다. 괜찮아, 라는 말처럼 들렸다. 난 아무 대답도 하지 못했다.

말은 그냥 말일 뿐이야, 훌훌 날려 버려. 난 우리가 스무 살이 되어서도 이렇게 같이 동네를 걷고 산책하는 모습이 너무나 잘 그려져. 넌 지금처럼 오래된 영화와 길가의 동물들을 좋아하는 어른이 되겠지. 그렇게 내가 미처 전하지 못한 대답을 속으로만 되뇌는 사이, 버스는 저만치 멀어지기만 했다.

17.

"우리 오늘 뭐 해?"

마지막 시험이 끝나고, 수완이 내 자리로 와서 물었다.

"무슨 말이야?"

"요즘엔 다들 뭐 하고 놀아? 코노? 피시방?"

아이들이 별일이라는 듯이 흘끗거렸다. 정작 수완은 아무렇지 않은데 내 얼굴이 화끈거렸다. 어쩐지 말끝마다 '요즘 애들' 타령하며 나를 궁금해하는, 나보다 열 살이 많은 사촌 언니가 떠올랐다.

"같이 놀러 가자는 뜻이야?"

그제야 수완이 고개를 끄덕였다. 시험 끝나고 같이 놀자는 말을 저렇게 능청스럽게 하다니. 반 애들은 벌써 무리를 지어 교실을 나서고 있었다. 나는 대충 가방을 챙겼다.

수완은 할 말이 남은 듯한 얼굴로 씩 웃었다.

"왜?"

"아냐."

수완의 미소가 의미심장해 보였다. 아무리 봐도 속을 알 수 없는 아이다. 그때 문득, 자기 자리에 덩그러니 앉아 있는 조희수가 눈에 들어왔다.

"집에 안 가?"

"너는?"

조희수가 나를 물끄러미 보았다. 그 눈이 왠지 초조해 보였다.

"우리 놀러 가기로 했어. 너도 가든지."

수완이 퉁명스레 말하고 뒷문으로 먼저 나가 버렸다.

"같이 가자는 뜻인 거 알지?"

"쟤는 진짜 이상해."

조희수가 툴툴거렸다.

우리는 버스를 타고 번화가로 나왔다. 사람이 많고 복잡한 곳은 딱 질색이지만, 시험이 끝난 날이라 마음이 조금 들떴다.

우리는 패밀리 레스토랑에 가서 피자와 파스타, 리소토를 주문했다. 종류별로 하나씩 시켜 나눠 먹으니 정말 막역한 사이라도 된 것 같았다. 다 먹고 나서 수완이 계산을 했다.

"얼마 나왔어? 나눠서 내자."

"아냐. 너희 밥 한번 사 주고 싶었어."

왜 매번 사 주고 싶었다고 하는 거지? 의아했지만 묻진 않았다.

"그럼 후식은 내가 살게."

옆에서 조희수가 말했다.

우리는 근처에서 생과일주스를 마시고 서점으로 향했다. 조희수와 내가 참고서 코너를 둘러보는 동안, 혼자 이리저리 돌아다니던 수완이 우리에게 와서 말했다.

"어쩔 수 없는 고3이구나."

"너는 꼭 아닌 것처럼 말하지 마."

수완은 씩 웃기만 했다.

조희수는 나에게 영어 기출 문제집을 골라 줬다. 곁에서 구경하던 수완은 영 재미가 없다는 듯 고개를 내젓더니 다른 곳으로 가 버렸다.

조희수가 멀어지는 수완을 보며 말했다.

"내가 말했지? 여기 사람 아닌 것 같다고."

"그게 고3답지 않다는 뜻이었어?"

"그건 아닌데. 암튼 그래."

조희수와 현수완은 정말 서로를 안 좋아하는 걸까, 아니면 그런 척하는 걸까. 묻어 놓은 의문이 다시 떠오르는 사이, 에스컬레이터를 타고 내려오는 익숙한 무리가 보였다.

조희수도 이미 그쪽을 바라보고 있었다. 대여섯 명쯤 되는 남녀 무리는 모두 우리 반 아이들이었다. 그중엔 연우와 해원 그리고 임승지도 있었다.

나는 연우에게로 갔다.

"어? 승희다!"

연우가 반색하며 손을 흔들었다. 우연히 만났다고 반가워하는 걸 보니, 아직 나를 싫어하는 건 아닌 모양이었다. 분명 친한 친구였는데, 이제 이런 생각부터 하게 되는 게 씁쓸했다.

"여기서 다 만나네."

"너 혼자 왔어? 같이 놀래?"

그때 해원이 연우의 팔을 툭 쳤다. 해원이 어딘가로 눈짓을 했다. 그쪽에서는, 조희수가 책을 뒤적이고 있었다.

"같이 왔어?"

연우가 물었다.

"응."

"대박이네."

해원의 말에 임승지가 옆에서 픽 웃었다. 도대체 뭐가 '대박'이라는 건지 모르겠지만, 나도 그냥 웃어 보였다. 어떻게 반응해야 할지 모르겠을 때 웃어넘기는 건 어릴 때부터 굳어진 습관이었다. 어쩌자고 이런 미련한 습관이 생겨 버렸을까.

"그만 갈게."

"그래, 학교에서 보자!"

연우가 웃으며 인사했다. 나머지 둘은 나를 구경하듯 바라보기만 했다.

나는 뒤에 있는 우리 반 남자애들에게 눈인사를 하고 조희수에게로 갔다. 조희수는 아까 우리가 있던 곳에서 한 칸 옆인 어린이 코너에 있었다.

"김선우! 네가 말한 책 이거 맞아?"

뒤에서 외치는 소리가 들렸다. 임승지 목소리였다. 함께 있던 남자애들 중에 김선우도 얼핏 보인 것 같았지만 혹시라도 못 봤을까 봐, 김선우도 같이 있다고 굳이 알려 주는 건가? 자꾸만 마음이 삐딱해졌다.

익숙한 목소리들이 웃고 떠드는 소리가 귀에 거슬렸다. 조희수는 고개를 숙이고 있어 표정이 잘 보이지 않았다.

"다 골랐어?"

수완이 다가왔다.

"저기, 우리 반 애들 있어."

"봤어."

수완은 심드렁하게 말했다. 인사하기는커녕 별로 궁금하지도 않은 듯했다. 나도 딱 현수완처럼만 무심할 수 있다면 얼마나 좋을까.

조희수는 계산을 마치고 서점을 나올 때까지 내내 아무 말이 없었다.

"밖은 찜통이네. 빙수 먹을래?"

수완이 말했다.

"빙수는 내가 살게."

"그래? 그럼 두 그릇 먹어야지."

마침 건너편에 빙수 가게가 보였다. 그때 조희수가 느닷없이 말했다.

"난 먼저 갈게."

무어라 대꾸할 새도 없었다. 조희수는 그대로 뒤돌아 정류장으로 걸어갔다. 그러더니 정차해 있던 택시를 타고 가 버렸다. 멀어지는 택시를 보며, 나는 지난번에 조희수가 나를 계단참에 내버려 두고 혼자 가 버렸을 때와 비슷한 기분이 들었다.

"가자."

수완이 내 손목을 잡았다. 마치 아무 일도 없었던 것처럼, 처음부터 우리 둘만 있었던 것처럼 수완은 그저 즐거워 보였다.

우리는 망고빙수를 주문했다. 중간고사가 끝난 날에도 수완과 이렇게 마주 앉아 빙수를 먹었다. 그때나 지금이나 수완은 편안한 얼굴로 창밖만 바라보았다. 수완도 아까 서점에서 우리 반 아이들과 마주쳤을 때 상황을 알고 있는 걸까? 아니면 상대가 조희수니까, 자기 기분 내키는 대로 알 수 없는 행동을 해도 그러려니 하고 넘어가 주는 걸까.
"너는 조희수 안 싫어해?"
이렇게 대놓고 물어볼 생각은 없었는데. 수완 앞에서는 자꾸 내 진심이 불쑥 튀어나온다.
"뭐……. 애들이 하도 안 좋게 보니까. 수완이 너는 어떤가 해서."
"나는 걔 안 싫어."
수완이 빙수를 한 입 떠먹었다. 그리고 물었다.
"승희 넌?"
"나는…… 잘 모르겠어."
수완은 희수를 '싫어하지 않는다.'라고 답했다. 그건 좋아한다는 뜻과는 분명 달랐다. 나는? 내가 좋아한다고 말할 수 있는 친구는 누구지?
수완과 같이 있으면 나도 몰랐던 내 진짜 속마음을 꺼내 놓게 된다. 도은은 오래 알고 지낸 친구니까 얄미운 짓을 해도 밉지 않다. 연우랑은 이렇게 어이없게 멀어지지 않고 계속 잘 지내고 싶다. 난 누군가를 좋아한다고 말하지 못해서, 다른 말로 에둘러 표현하는 게 더 익숙한지도 모른다.

조희수는 어떨까. 난 그저, 그 애가 궁금하다. 어떻게든 이해해 보고 싶다. 그 애를 이해하기 위해서 기꺼이 마음을 내 보고 싶다. 이걸 좋아한다고 말할 수 있을까?

희수는 집에 도착했을까. 나는 희수를 탓하고 싶지 않았다. 내가 희수를 좋아하기라도 해서 그러는지, 아니면 다른 아이들처럼 그 애의 단면만 보고 '욕먹고 다닐 만하네.' 하고 쉽게 말하는 사람이 되고 싶지 않아서 그러는지는 모르겠지만.

"내가 왜 여기에 왔는지 알겠다."

가만히 나를 보던 수완이 말했다.

"뭐?"

"오길 잘한 것 같아."

수완은 이렇게 말하고는 다시 저 멀리로 눈길을 주었다. 수완은 내가 조희수를 궁금해하는 것만큼 수완도 궁금해한다는 사실을 알긴 할까. 하지만 난 수완이 답답하지 않았다. 알 수 없는 대답만 내놓는 현수완이지만, 그게 아무 뜻 없이 둘러대는 말이나 거짓이라고 느껴지진 않았다. 그렇다면 언젠가는 나도 그 의미를 이해할 수 있지 않을까. 그런 예감이 들었다.

"좋아할지 말지 헷갈릴 땐, 그냥 좋아해 버려."

나와 헤어지기 전, 수완은 툭 던지듯 그렇게 말했다. 어떻게 하는 게 정상적으로 좋아하는 건지 모르겠다고, 조희수가 했던 말이 떠올랐다.

나야말로 누구를 순도 백 퍼센트의 마음으로 좋아해 본 적이 없는 것 같았다. 서운함, 실망, 약간의 책임감과 성가심……. 내가 내준 것과 되돌려받은 것을 견주어 보게 되는 순간들. 가까워졌다고 느끼는 순간, 더 공을 들이기보단 조금 소홀해져도 될 것 같은 얄팍한 마음. 그런 것들이 늘 조금씩은 섞여 있었지만 티 나지 않게 꾹꾹 눌러 담아야 했다.

좋아하고 애틋하게 여기면서 동시에 미워하는 일이 어떻게 가능한 걸까. 한 사람에게 한 겹의 마음만 품을 수 있다면 얼마나 좋을까.

나는 조희수를 좋아하고 싶은 걸까, 미워하고 싶은 걸까. 집으로 돌아와 희수의 연락을 기다리면서 내내 고민했지만, 나도 내 마음을 알 수 없었다.

18.

 조희수와 대화하지 않는 상태로 며칠이 흘렀다. 조희수는 교실 안에서 아무하고도 말을 섞지 않았다. 조희수가 서점에서 멋대로 가 버린 그날 일을 먼저 해명하기 전에는, 내가 조희수에게 할 수 있는 말은 없었다.
 "조희수랑 무슨 일 있어?"
 급식을 먹은 뒤, 나를 복도로 불러낸 도은이 눈치를 살피며 물었다. 생각해 보니 도은이 나를 찾아온 것도 꽤 오랜만이었다.
 "왜? 애들이 그래?"
 "아니, 뭐."
 도은은 창밖으로 눈길을 돌렸다.
 다들 또 멋대로 결론을 내리고 떠드는 모양이었다. 교실에서 임승지는 나와 눈이 마주칠 때마다 이렇게 말하는 듯했다. 괜찮아, 그 더러운 기분 나도 잘 알아. 조희수가 그렇지, 뭐. 그건 나를 이해한다는 뜻이 아니라, 얼마든지 같이 욕해 줄 준비가 되어 있으니 얼른 조희수와 나 사이의 일을 털어놓으라는 재촉처럼 느껴졌다. 물론 나는 그러고 싶은 마음이 없었다.

도은과 얘기를 끝내고 교실로 들어왔다. 조희수는 이어폰을 꽂은 채 자리에 앉아 있었다. 나는 말없이 조희수의 책상 위로 휴대폰 화면을 내밀었다.

"뭐야?"

"읽어 봐."

나는 가만히 반응을 기다렸다. 별로 긴 내용도 아닌데, 조희수는 굳은 표정으로 몇 번이나 스크롤을 내리며 화면 속 게시 글을 다시 읽었다.

"이거 진짜야?"

조희수의 목소리가 커졌다. 아이들의 시선이 쏠렸다.

"너 마루 언제 봤어?"

"나도 너랑 본 게 마지막이야. 시험 전에."

조희수의 표정이 심각해졌다.

이 글도 이틀 전에 동네 커뮤니티 앱에 올라온 터였다. 어젯밤에 우연히 이 글을 읽고, 나는 바로 조희수에게 연락하고 싶었지만 참았다.
"근데 나, 여기 어딘지 알 것 같아."

버스 안, 교복을 입은 사람은 조희수와 나 둘뿐이었다. 버스 안은 후텁지근했다. 그런데도 한기가 들 때처럼 온몸이 자꾸만 떨려 왔다. 야자 시간에 몰래 학교를 이탈해서 그런 건지, 사라진 마루를 찾으러 가는 중이라 그런 건지는 모르겠지만. 옆에 앉은 조희수를 힐끔 보니, 그저 차갑게 굳은 얼굴이었다.

역시나 보리밥집에서는 마루를 찾을 수 없었다. 식당 아저씨는 우리를 귀찮아하며 말했다.
"원래 일주일씩 없어졌다가 다시 오고 그래."
"인터넷에서 사람들이 그러던데요. 쓰레기 모으는 할머니가 데려갔다고."
내가 말하자 아저씨 표정이 일그러졌다.
"글쎄다. 근데 너희 몇 학년이냐? 공부는 안 해?"
"……."
"이 근처 사는 애들은 맞아? 집이 어디야?"
갑자기 우리를 다그치는 말투였다. 더는 말이 통하지 않을 것 같았다. 조희수와 나는 식당을 빠져나왔다.
"개도 못 지킨 주제에 어디서 훈계질이야. 쪽팔린 줄 알아야지."

조희수가 적의에 차서 중얼거렸다. 나도 같은 생각이었지만 대꾸하지는 않았다.

우리는 한참을 더 걸어서 낡은 집 앞에 멈춰 섰다. 지난번에 아빠와 함께 길에서 마주친 할머니가 사는 집이었다.

"그때도 분리수거장에서 물건을 주워서 집으로 가져갔거든. 호더 같아."

쓸모없는 물건을 버리지 못하고 쌓아 두거나 심지어 남들이 버린 쓰레기를 주워다 모으는 사람들 얘기를 인터넷 기사에서 본 적이 있었다. 지난번에 마주쳤을 땐 그 기사를 떠올리지 못했는데, 동네 커뮤니티에서 '호더 할머니가 동네 떠돌이 개랑 고양이까지 모은다.'라는 글을 읽고는 바로 그 할머니가 떠올랐다.

조희수는 낡아서 칠이 벗겨진 대문 옆 초인종을 눌렀다. 고장 났는지 버튼이 헐겁게 눌리는 데다, 아무 소리도 나지 않았다. 조희수가 대문을 두드렸다. 컹컹, 개가 짖는 소리가 들렸다. 희미했지만 분명 집 안에서 나는 소리였다.

"여러 마리 같은데 소리가 작아. 어디 방 안에 갇혀 있는 건가?"

문틈으로 보니 마당에 제대로 관리되지 않은 나무판자며 고철 더미가 잔뜩 쌓여 있어서 안쪽이 잘 보이지 않았다. 동네 끄트머리라 인적이 드문 데다. 골목을 들어설 때부터 계속 풍겨 오는 악취에 스산한 기분이 들었다. 조희수한테 어떤 구실로든 말을 걸려고 무리수를 둔 건 아닐까? 여기 갇혀 있는 개들 중에 마루가 없으면 어쩌지? 차라리 동네를 돌면서 마루를 찾는 게 더 낫지 않을까? 그렇지만 여기 있는 다른 개들은? 머릿속이 복잡해졌다.
"경찰에 신고해도 안 들어 주겠지? 갇혀 있는 개 따윈 신경 안 쓸 테니까."
그게 아니라, 일단 남의 개를 허락 없이 데려갔다는 증거가 없잖아. 이렇게 대꾸하고 싶었지만 참았다. 며칠 사이에 조희수는 한껏 날카로워진 것 같았다. 조희수가 아무렇지 않게 다른 사람들에게 적개심을 드러내는 이유가 궁금했다. 아이들 입에 오르내리는 조희수는 늘 저런 모습일 텐데, 이상하게 난 그 모습이 낯설었다.
이렇게 남의 집을 기웃거리다가 누구라도 마주치면 큰일이었다. 우리는 골목을 나와 불이 다 꺼진 건물 안 계단에 자리를 잡았다. 버려진 전단을 계단에 깔고 앉았다. 불현듯 이게 뭐 하는 짓이지, 라는 생각이 밀려들었다.
"그 할머니 마주치면 어떻게 할 거야?"
내가 물었다.
"물어봐야지. 왜 돌보지도 못할 동물을 가둬 놓냐고. 보리밥집 강아지도 데려갔냐고."

"대답 안 할걸? 저번에 우리 아빠 말도 다 무시했어."

"대답할 때까지 물어볼 거야. 괴롭힐 거야."

알지도 못하는 노인을 괴롭힐 거라는 말을 저렇게 예사롭게 하다니. 들은 사람이 나뿐이라서 다행이었다.

"근데 쓰레기를 왜 모으는 걸까?"

"정상이 아니니까 그렇지."

조희수가 날 선 목소리로 대답했다.

"왜 그런 짓을 하는지 너는 안 궁금해?"

"응. 이해하고 싶지도 않고."

"신기하네. 나는 이해가 안 되는 사람일수록 더 궁금해지던데."

그제야 조희수가 조금 누그러진 표정으로 나를 돌아보았다.

"그야 승희 넌 인간을 좋아하니까. 연민하니까."

"……."

"나는 아니거든. 나도 인간이긴 하지만. 아, 내가 인간이라는 것도 싫고."

나는 또 궁금해졌다. 이 넓은 우주에서, 많고 많은 존재 중 하필이면 인간으로 태어나서 싫다는, 사실은 내 존재 자체가 싫다는 말을 서슴없이 할 수 있을 만큼 스스로를 미워하는 마음이 어디에서 시작된 건지.

"나 사람 별로 안 좋아해. 학교에도 좋은 애보다 싫은 애가 훨씬 더 많아."

"아닐걸. 연민도 애정이 있어야 가능한 거 아니야?"

연민이라니. 책에서나 볼 법한 단어였다. 저 단어를 일상에서, 입으로 내뱉어 본 적이 없는 것 같았다. 조희수는 알고 있구나. 내가 자기를 어떤 마음으로 대하는지. 나도 모르는 내 마음을, 조희수는 너무나도 잘 알고 있었다.

골목에서 수레 끄는 소리가 들렸다. 우리는 숨을 죽였다. 우리가 있는 건물의 유리문 너머로, 폐지를 잔뜩 싣고 손수레를 끌고 가는 할머니가 보였다. 집에서 골목 밖으로 나가는 방향이었다.

"집에 있었나 보네."

조희수가 황당하다는 듯 말했다. 우리 소리를 다 들었으면 어쩌지? 굽은 자세로 힘겹게 수레를 끄는 모습을 보니 마음이 좋지 않았다. 조희수가 자리를 박차고 건물 밖으로 뛰쳐나갔다.

"저기요, 할머니!"

조희수가 할머니의 수레를 앞질렀다. 나는 서둘러 뒤따랐다.

"할머니, 집에 강아지랑 고양이 있죠? 얼마나 있어요?"

할머니는 구부정하게 허리를 숙인 채, 우리 쪽을 곁눈질했다.

"제가 이런 강아지를 찾고 있는데요. 혹시 보신 적 있어요?"

조희수가 마루 사진이 있는 휴대폰 화면을 내밀었다. 할머니는 그쪽으로는 눈길도 주지 않고 거칠게 손을 내저었다.

"주인이 있는 강아지 함부로 데려가는 거, 그거 범죄예요. 알고 계세요?"

결국 할머니가 욕지거리를 내뱉었다. 나는 조희수의 손을 잡아끌었다.

"일단 가자."

우리가 물러나자, 할머니는 무어라 중얼거리며 수레를 끌고 가던 길을 갔다.

"저번에도 혼자 욕하고 그랬어. 대화가 아예 안 돼."

온몸에 한기가 서리는 듯 소름이 돋았다. 맞잡은 조희수의 손이 너무나도 차가웠다. 할머니가 건널목을 건너 사라지는 모습을 보고 나서, 조희수와 나는 다시 할머니 집 쪽으로 걸음을 옮겼다.

조희수가 돌멩이를 집어 대문 안쪽으로 던졌다. 연이어 던진 돌멩이들이 벽면에 부딪혀 튕겨 나오다가, 그중 하나가 창문을 때렸다. 탁! 하는 둔탁한 소리와 함께, 안쪽에서 개들이 왕왕 짖는 소리가 터져 나왔다.
"창문 깨지겠다. 이쯤 하고 가자."
"우리 아직 아무것도 못 했어."
조희수가 대문을 밀자, 놀랍게도 대문이 열렸다. 방금 할머니가 나오면서 잠그지 않은 모양이었다.
우리는 낡은 가전제품과 소파, 고물이 쌓여 어지럽고 냄새나는 마당으로 천천히 들어섰다. 집은 단층 주택이었다. 벽면을 따라 한 바퀴 천천히 돌아보는데, 안에서 낯선 인기척을 느꼈는지 여러 마리가 짖어 대는 소리가 쉴 새 없이 이어졌다. 그 소리를 들으니 마음이 조급해졌다. 집의 뒤쪽 벽과 담장 사이는 사람 한 명도 겨우 지나갈 정도로 좁아 보였다. 벽에는 작은 창문이 하나 있었다.
조희수가 먼저 담장과 집 사이 틈으로 몸을 구기듯 밀고 들어섰다. 간신히 한 발씩 게걸음으로 걷는 동안, 거친 시멘트 벽면에 맨다리가 긁혔다.
창문 앞에 다다른 조희수가 거미줄이 잔뜩 쳐진 창문을 열었다. 쇠창살 안쪽 창문은 뻑뻑해서 쉽게 열리지 않았다. 약간 틈이 생겼을 때, 나는 휴대폰 플래시를 켜고 카메라 렌즈를 들이밀었다. 불빛에 놀란 개들이 더 큰 소리로 짖어 댔다.

"어떡해, 진짜 어떡해."

당장이라도 울 것처럼 조희수의 목소리가 떨렸다. 열린 창문 틈으로 들여다본 집 안은 예상보다 훨씬 심각한 상태였다. 어두운 방 안에서, 크고 작은 동그란 형체들이 몸을 웅크린 채 삑삑 울고 있었다. 얼핏 봐도 스무 마리는 족히 넘어 보였다.

그때, 철커덩하고 철문 닫히는 소리가 들렸다. 누가 대문으로 들어온 듯했다. 조희수가 황급히 창문을 닫았다.

"넘을 수 있겠어?"

조희수가 소리를 죽이고 물었다.

"여길? 너무 좁아!"

"이거 밟고 올라가. 너부터 가."

더 지체해선 안 됐다. 아까부터 발밑에서 거슬리던 깨진 벽돌 더미를 밟고, 담장을 타고 올랐다. 조희수가 내 등을 떠밀었다. 우리는 그렇게 담장을 넘었다. 나는 바닥에 내려서면서 잘못 디딘 탓에 발목이 꺾였다.

발이 땅에 닿자마자 우리는 뒤도 돌아보지 않고 골목길을 내달렸다. 악취가 나는 집에서 멀리멀리 벗어나는데도, 귓가에는 갇힌 개들이 컹컹 짖는 소리가 계속 따라붙는 듯했다.

"너 무릎이 왜 그래?"

엄마가 나를 보고 물었다. 아까 긁힌 무릎에서 피가 흐르고 있었다.

"별거 아니야. 체육 시간에 넘어졌어."

나는 옆에 선 조희수에게 눈짓을 했다. 조희수는 조금 놀란 눈으로 엄마를 쳐다보고 있었다. 엄마는 그제야 고개를 돌려 조희수를 보았다.

"안녕하세요."

"희수라고, 같은 반 친구야."

엄마는 말없이 고개만 끄덕였다.

우리는 신발을 벗고 안으로 들어섰다. 손을 씻고 내 방으로 올 때까지, 안방으로 들어간 엄마는 더는 우리를 내다보지 않았다.

"거기 앉아."

어색하게 서 있던 조희수가 침대 앞 바닥에 앉았다. 침대에 앉으라는 뜻이었는데. 하지만 나도 온몸에 힘이 빠져 바닥에 쓰러지듯 앉았다.

"이제 우리 안전해."

조희수가 위안하듯, 웃으며 말했다.

갑자기 웃음이 터지든, 반대로 눈물이 터지든. 둘 중 무엇을 해도 이상하지 않을 상황 같았다.

"너 약부터 바르자. 집에 연고 있지?"

거실 서랍장 어디엔가 구급상자가 있을 거였다. 그러나 적막만 가득한 거실로 나갈 자신이 없었다. 하필이면 오늘, 아빠가 외출을 해서 집에 없다는 것이 다행이기도 하고, 또 아니기도 했다.

"아빠가 있었으면 뭐라도 해 줬을 텐데."

"……."

"목마르지 않아? 잠깐만."

"아냐. 괜찮아."

당장 나설 것처럼 말했지만, 사실은 몸을 일으킬 힘조차 없었다. 문득, 우리가 낯선 집에서 도망치듯 나온 것이 먼 과거의 일처럼 느껴졌다.

잠시 이어진 침묵 끝에, 조희수가 말했다.

"그날 미안했어."

우리는 눈이 마주쳤다. 내가 아는 사람 중, 눈을 피하지 않고 사과하는 사람은 조희수가 처음인 것 같았다.

"그때 서점에서 말이야. 거기 더 있으면 내가 무슨 짓을 할지 모르겠더라. 진짜 최악이 될 수도 있었을 거야."

"……."

"그 무리 중에 제일 미운 게 김선우였어. 그런데도 이게 좋아하는 거 맞아?"

우리 집에서 김선우 얘기를 하고 있다니. 방문 두 개 너머, 엄마가 그 이름을 들을 리가 없는데도 가슴이 두근거렸다.

솔직하게 다 말하고 싶었다. 혹시나 마주칠까 싶어 김선우가 사는 우리 동네를 배회하는 그 마음을, 스스로 미련한 역할을 자처해 가며 한 사람 때문에 그렇게 애태우는 마음을 난 여전히 이해하지 못하겠다고. 상대가 김선우라서 더더욱, 나는 그 마음을 헤아리고 싶지 않다고.

"승희야."

"……."

"괜찮아?"

웃음이 터지든, 눈물이 터지든. 전혀 이상하지 않은 상황에서, 결국 눈물이 먼저 터져 나왔다. 나는 내가 우는 이유를 알 수 없었다. 안전한 집에 오니 긴장이 풀린 탓인지, 내가 끝내 좋아할 수 없는 이름이 나와서인지. 우리 엄마는 여느 엄마처럼 딸이 처음 데려온 친구를 반갑게 맞아주고 따뜻한 음식을 내줄 만한 힘이 없다는 사실을 들켜서인지. 서러운 마음들이 겹쳐져 자꾸 눈물만 흘러나왔다.

가만히 바라보던 조희수가 말했다.

"우리, 오늘 있었던 일은 다 비밀로 하자."

비밀. 희수 입에서 나온 그 단어를 듣자마자, 우리가 벌인 일의 무게가 실감되었다. 저질러 버렸지만 감당하기 힘들다면 아예 없었던 일로 하자, 괜찮아. 그렇게 말하고 싶은 희수의 마음도.

"오늘 그 이상한 할머니 집에 간 것부터 내가 너희 집에 온 것까지. 우리 둘만 아는 거야."

내가 너희 엄마를 만난 것도 그리고 네가 운 것도 다 비밀로 해 줄게. 조희수가 하지 않은 말 사이에 그 말들이 숨어 있다고 느껴졌다.

"아, 한 명은 예외야. 현수완한테 말하고 싶으면 해도 돼. 물론 나야 걔한테 말할 일 없겠지만."

그 말에, 그제야 픽 웃음이 났다.

"비밀로 하면, 없던 일로 하면. 그 개들은?"

"구하고 싶어?"

심장이 요동쳤다. 남의 집에 몰래 들어가서 사진까지 찍고 도망친 '잘못'과, '구조'라는 말을 저울에 올려 보았다. 흔들리던 저울이 한쪽으로 기울었다. 무언가를 구해 냈는데 그걸 후회하게 될 리가 있을까? 나는 고개를 끄덕였다.

조희수가 말했다.

"좋아. 그럼 내가 방법을 찾아볼게."

"응. 같이 해."

19.

 인터넷에 올라온 예상대로, 마루는 호더 할머니 집에서 발견되었다. 조희수는 내가 창문 틈으로 찍은 동영상을 동물 보호 단체에 보냈다. 먼 도시에서 온, 우리와는 아무 연이 없던 어른들이 나서 준 덕에 갇혀 있던 동물들이 모두 구조될 수 있었다. 인터넷 기사에선, 개 30마리가 그 집에 있었다고 했다. 구조를 위해 동물 단체 회원들과 담당 공무원, 경찰이 출동한 날, 할머니는 실성한 사람처럼 욕을 하고 고함을 질렀다고 들었다.
 보리밥집 아저씨는 마루의 소유권을 포기했다. 입양자를 구할 때까지는 구조하러 나왔던 동물 단체의 한 회원이 마루를 임시 보호하기로 했다. 이 모든 일이 조희수와 내가 호더 할머니 집에 숨어 들어가고 나서 며칠 사이에 벌어졌다.

동네 커뮤니티 앱에선 사람들이 두 부류로 갈라져 다투었다. 쓰레기장 같은 집에서 개를 그렇게 많이 키우고 있었냐며 비난하는 사람들과, 힘없고 불쌍한 노인을 고발까지 할 필요가 있냐며 편을 드는 사람들이 있었다. 동네 주민이 아니어서 글을 볼 수 없는 조희수에게는 이 같은 사실은 전하지 않았다.

"결국 너희가 개를 구했구나."

내가 그간의 사정을 짧게 간추려 설명하자, 수완은 그렇게 말했다. 왜 모든 것을 이미 알고 있던 것처럼, '결국'이라고 하는지는 알 수 없었다.

수완과 급식을 먹고 교실로 돌아왔다. 여름 방학이 가까워지자 점심을 대충 때우고 교실에 남아 공부하는 아이들이 하나둘 생겨났다. 다들 자리에서 문제집을 풀거나 인강을 보는데, 조희수의 자리만 계속 비어 있었다.

나는 조희수에게 문자를 보냈다.

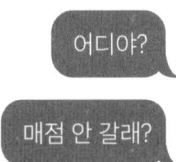

4층 계단과 복도를 돌아봤지만 조희수는 보이지 않았다. 그때 조희수에게서 답장이 왔다.

> 나 보건실!

답장을 보내려다 바로 보건실로 향했다. 끝에 느낌표를 붙인 걸 보면 심각한 상황은 아닌 듯했지만, 층계를 내려가는 발걸음이 나도 모르게 빨라졌다. 한 칸씩 내디딜 때마다 발목이 욱신거렸다.
조희수와 나는 보건실 앞 복도에서 마주쳤다.
"나 찾으러 온 거야?"
당연한 걸 왜 묻는 거지? 나는 고개를 끄덕였다.
"반창고가 떨어져서 받으러 왔어."
조희수가 팔을 들어 보였다. 호더 할머니 집에서 급히 도망치다가 벽에 긁힌 상처였다.
"넌 발목 괜찮아?"
"조금 쑤시는 것 같아."
"온 김에 너도 보건실 들르자."
조희수가 내 손을 잡아끌었다.
보건실 문을 열고 들어서자 톡 쏘는 파스 냄새가 코를 찔렀다. 팔을 다친 아이가 이번에는 발목 통증을 호소하는 친구를 데려오다니. 보건 선생님은 내 발목에 에어 파스를 뿌리면서 고개를 갸웃거렸다.

"둘이 같이 다친 거니?"

조희수와 나는 둘 다 바로 대답하지 못했다. 선생님이 미심쩍다는 표정을 지었다.

"저는 집에서 다쳤고, 승희는 복도에서 뛰다가 삐었어요. 급식실 빨리 가려고 하다가요."

"어휴, 조심해야지."

선생님이 고개를 내저었다.

내가 슬쩍 봤더니, 조희수는 웃음을 참는 듯 입을 앙다물고 있었다. 3학년 3반 하승희는 복도에서 내달릴 만한 인물이 못 된다는 사실을 3학년 선생님들은 대부분 알 테지만, 보건 선생님은 조희수의 말을 그대로 믿는 듯했다.

선생님은 우리에게 두유를 한 팩씩 주었다. 우리는 창가 의자에 앉아 두유를 다 마시고 나가기로 했다.

선생님이 틀어 놓은 라디오에서 노래가 흘러나왔다.

"어? 이거 내가 좋아하는 노래."

조희수가 말했다.

"제목이 뭐야?"

"〈몽중인〉."

꿈속의 사람이라는 뜻인가? 어쩐지 마음에 들었다.

"어디서 들어 본 것 같은데."
"맞을걸? 영화에 나왔어."
"무슨 영화?"
"〈중경삼림〉이라고, 옛날 홍콩 영화."
처음 듣는 제목이었다. 휴대폰으로 검색해 보았다. 우리가 태어나기도 훨씬 전에 개봉한 영화였다.
"넌 왜 옛날 영화가 좋아?"
희수는 말이 없었다. 대답을 고민하는 건지, 아니면 그저 노래를 더 듣고 싶은 건지 알 수 없는 표정이었다.
"그냥. 영화 속 사람들은 나랑 만날 일이 없잖아. 오래된 영화면 더더욱 그렇고."
"……."
조희수는 인간이 싫다고 했다. 내가 아는 사람 중 그런 말을 하는 사람은 희수밖에 없었다. 누구는 그 말을 듣고 매정하고 차갑다고 하겠지만, 나는 인간이 싫다고 말하는 희수가 그 어느 때보다 안쓰럽게만 보였다.
"근데 나 요즘에 계속 같은 꿈을 꿔."
"무슨 꿈?"
네가 없이, 나 혼자 그 집에서 도망치는 꿈. 할머니가 아니라 들개들이 나를 쫓아오는 꿈. 그 꿈을 꾸고 나면 늘 그런 의문이 들어. 우리가 정말 마루를 위한 행동을 한 걸까? 할머니는 악하기만 한 사람일까? 기사를 읽던 아빠가 동물 단체에 제보한 학생이 혹시 나인지 물어봤을 때 나는 왜 아니라고 거짓말을 했을까?

그날 이후로 나는 동네를 다닐 때마다 자꾸 두리번거리게 돼. 그날 할머니 집에서 도망치는 우리를 혹시 누가 보진 않았을까, 생각이 안 좋은 쪽으로 흘러가. 분명 마루와 강아지들에겐 잘된 일인데, 왜 큰 잘못이라도 저지른 것처럼 마음이 움츠러드는지 모르겠어.

희수에겐 할 수 없는 얘기들이었다.

"뭐, 시험 치는 꿈. 수능 때문이겠지."

수완에게 그간의 이야기를 털어놓고 나서, 다시는 어느 누구에게도 이 얘기를 하지 못하리라고 예감했다. 왜 그런 위험한 짓을 해서 일을 크게 벌였냐고, 우리를 나무라거나 걱정하지 않고 들어 줄 사람은 수완 말고는 아마 없을 테니까.

예비 종이 울렸다. 우리는 보건실을 나왔다. 누가 복도 창가에 혼자 서 있었다. 김선우였다.

나는 멈칫했지만 조희수는 전혀 놀라지 않는 눈치였다.

"반창고는?"

"새로 받았어."

김선우 팔에는 약국 봉지가 걸려 있었다. 점심시간에 허락을 받고 잠깐 나갔다 온 모양이었다. 왜 저렇게까지 하는 거지? 둘이 여기서 보기로 한 건가. 이제야 그 생각이 들었다.

"난 교실로 갈게."

"같이 가. 부축해 줄게."

"다쳤어?"

김선우가 나를 보며 물었다. 결국 이렇게 말을 섞게 되는구나.

"조금."

무시하고 지나가면 조희수가 이상하게 볼 것 같아, 그렇게만 대답했다. 김선우는 더 묻지 않았다.

조희수와 내가 먼저 계단을 오르고, 김선우가 몇 발짝 떨어져서 뒤따랐다. 평범하게 교실로 돌아가는 것뿐인데. 왜 내가 눈치 없이 두 사람 사이에 끼어 있다는 느낌이 드는 건지 알 수 없었다.

다음 수업은 자습이었다. 영어 단어를 검색하려고 휴대폰을 꺼내자, 모르는 번호로 메시지가 와 있었다.

> 다친 거 집에서도 알아?

네가 무슨 상관인데. 다친 게 뭐라고. 고작 이딴 게 집에 알릴 만한 일이야?

어차피 보내지도 못할 말들이었다. 휴대폰을 서랍 깊숙이 넣었다. 교실 한쪽에서 나를 지켜보는 시선이 느껴졌지만, 끝내 돌아보지 않았다.

20.

며칠이 지나도 통증이 가라앉지 않았다. 아침에 깼을 때 맨 먼저 느껴지는 감각이 발목 통증이었다. 거울 앞에 서 보니 양쪽 발목 두께가 달라 보였다. 나는 헐렁한 운동복을 입고 거실로 나왔다.
"밥 먹고 산책할까 하는데, 같이 갈래?"
아빠가 내 차림새를 보고 반가운 기색으로 말했다.
"엄마는?"
"어제 독감 예방 접종받고 컨디션이 별로인가 봐. 계속 자네."
괜히 산책을 나섰다가 통증이 심해지는 것도 걱정이지만, 절뚝이는 걸음을 들키는 것이 더 문제였다.
"난 집에 있을래. 공부할 거야."

"수능 얼마 안 남았다 이거지?"

그 말에 체한 것처럼 속이 답답해졌다. 아침을 먹고 방으로 들어왔다. 밖에서 현관문 닫히는 소리가 났다. 아빠가 나가고 나면 집 안의 공기가 달라진다. 책상 앞에 앉아 문제집을 폈지만 온몸에 힘이 빠져 집중이 되지 않았다. 내가 움직이고 소리를 내는 것조차 엄마를 자극하게 될까 봐, 아빠가 없는 집 안에서 나는 엄마만큼 고요해질 뿐이었다.

겨우 문제집 한 단원을 풀었다. 방 밖에서 무슨 소리가 들리는 것 같기도 했다. 아빠가 돌아왔나? 나는 물을 마실 겸 밖으로 나왔다.

엄마가 식탁 앞에서 나를 등지고 서 있었다.

"아빠 아직 안 왔어?"

"응."

식탁 위에는 검은 비닐봉지가 놓여 있었다.

"그게 뭐야?"

"손수레 끌고 다니는 할머니가 주고 갔어."

"그 쓰레기 집 할머니?"

엄마는 무슨 말인지 모르겠다는 표정을 지었다. 동네 이런저런 소식에는 관심이 없고 들을 길도 없으니까, 엄마라면 그 집에 관해 전혀 모를 수도 있었다.

전에도 그 할머니가 무얼 나눠 준 적 있었나? 혹시 우리 집인 걸 알고 온 걸까? 생각이 자꾸 나쁜 쪽으로만 흐르면서 심장이 두근거렸다.

"다른 얘기는 안 했어?"

"무슨 얘기?"

"이거 우리 집에만 주는 거래?"

"글쎄."

엄마는 다시 멍한 얼굴이 되었다. 아무래도 상관없다는 눈빛이었다.

봉지 안에는 도토리가 몇 줌 있었다. 이건 어디서 주운 거지? 먹고 탈 나는 것 아닐까? 도토리를 보자마자 그딴 생각부터 하는 나 자신이 놀라웠다.

"근데 도토리는 어떻게 먹지? 도토리묵 해 먹으면 되려나?"

"……."

"다람쥐 실제로 본 적 있어? 나는 산에서 본 적 있는데, 청설모한테 낚인 것 같기도 하고."

내 얘기를 듣고 수완은 그저 장난스러운 얼굴이었다. 무서운 괴담이라도 말하듯 분위기를 잡고 진지하게 말했던 나는 조금 허탈해졌다.

"아빠한테 물어보니까 우리 집에 한 번도 뭘 주고 간 적이 없대. 근데 진짜 기분이 나쁜 건, 호의를 베푼 이웃을 내가 의심하고 있다는 거야."

"의심할 만하지. 그 할머니가 잘못된 행동을 했던 건 맞잖아."

그런가? 수완의 말을 듣고 나니 기분이 한결 나아졌다. 수완은 휴대폰으로 다람쥐와 청설모의 생김새를 검색해 보고 있었다.

"조희수는 뭐래?"

화면 속 다람쥐 사진을 들여다보던 수완이 물었다.

"희수한텐 얘기 안 했는데."

"왜?"

"그냥."

"그렇구먼."

수완은 다람쥐 사진을 사진첩에 저장했다.

말을 해야 하나? 조희수는 기분 나빠할 게 뻔한데. 내가 말하지 않은 이유가 그 때문이었다. 그 애가 또 누구에게 적의를 드러내는 모습을 굳이 보고 싶지 않았다.

수험생에겐 병원에 가는 것도 사치라고 생각했지만, 더는 통증을 참을 수 없었다. 나는 집에서 약간 멀리 떨어진 정형외과를 찾았다. 병원에선 왜 이제 왔냐며, 한동안은 매일 물리 치료를 받아야 한다고 했다. 이것저것 추가돼 적지 않은 돈을 지불하고 병원을 나왔다. 여름밤 공기가 온몸에 끈적하게 들러붙었다.

택시를 타고 갈까. 아빠를 호출해야 하나. 언제까지 몰래 병원에 다닐 수 있을까. 엄마 아빠에겐 어디서부터 설명해야 할까. 복잡한 생각이 머릿속을 메웠다.

무거운 발걸음은 근처 공원으로 향했다. 조희수와 오던 공원이었다. 우린 여기에서 마루가 풀 냄새 맡는 모습을 구경하고, 마루를 괴롭히려던 동네 꼬마들을 야단치기도 했다. 조희수와 공부를 하고 동네를 걸었던 게 사실 몇 번 되지도 않는데, 여러 계절을 함께 지나온 것만 같은 기분이었다. 어떤 사이는 시간을 달리 흐르게 하는 것일까.

> 집이야?

벤치에 앉아 조희수에게 메시지를 보냈다. 얼마 지나지 않아 답장이 왔다.

> 아니 밖!

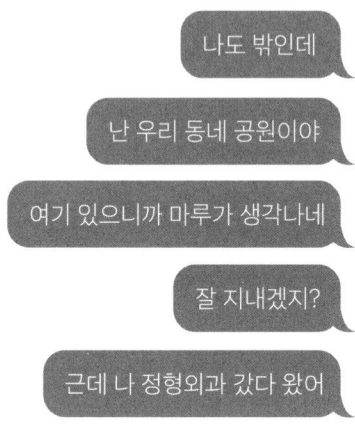

이렇게 감상에 젖어 친구에게 연락해 보기는 처음이었다. 도은이나 다른 친구에게는 굳이 하지 않을 말들이었다. 그 애들이라면 애초에 떠돌이 개한테 관심을 둘 일도, 개를 구하게 되는 사건도 일어나지 않았겠지만.

갑자기 서러운 마음이 울컥 솟았다. 어디서 나타났는지

도 모를 마음이었다.

얼마나 지났을까. 저만치 공원 입구에서 조희수가 걸어오는 모습이 보였다. 내가 아는 여자애 중에 큰 보폭으로 성큼성큼 걷는 사람은 조희수밖에 없었다. 가로등 불빛이 없어도 걷는 자세만으로 충분히 조희수를 알아볼 수 있을 것 같았다.

"병원에서 뭐래?"

조희수는 나를 보자마자 물었다.

"되게 뭐라고 하더라. 왜 진작 안 왔냐고."

"엄청 아팠을 텐데 왜 참았어?"

조희수의 목소리가 떨렸다. 저런 목소리로 말할 때도 있구나. 그동안 희수에게 실망하고 나쁘게 말하는 아이들은 저런 목소리와 표정을 한 번도 보지 못했던 걸까. 그래서 그런 걸까.

그때 조희수 뒤편에서 누가 다가왔다. 희수만큼은 아니지만 익숙한 실루엣이었다. 나는 자리에서 일어섰다.

"같이 있다가 너 걱정된다고 해서 데려왔어."

"……"

그러고 보니 조희수는 자기 체구보다 훨씬 큰, 얇은 바람막이 점퍼를 걸치고 있었다. 그 옷의 주인은 내 표정부터 부은 발목까지 천천히 훑더니, 한숨을 폭 내쉬었다.

"폰 번호 바꿨어?"

"……."

"내가 문자 했잖아. 너 다친 거, 이모랑 이모부도 아시냐고."

나는 대답 대신 조희수를 바라보았다. 그 애는 흐트러짐 없는 눈으로 나를 보고 있었다. 지금 김선우가 하는 말이 하나도 놀랍지 않다는 눈으로.

21.

 누구를 미워하는 데 뚜렷한 이유가 없을 수도 있다는 사실을, 나는 선우의 가족을 대하면서 처음 알았다. 일 년에 두 번, 명절에나 만나서 같이 노는 동갑 사촌에 불과했던 김선우는, 우리가 한동네에 살게 된 후로는 사촌과 친구 사이 애매한 관계가 되어 버렸다. 물론 김선우와 내가 친구가 될 수는 없겠지만.
 우리는 그렇게 중요한 날마다 의무적으로 또 의례적으로 만나는 사이였다가, 어느 시점부터는 일 년에 한 번도 만나지 않게 되었다. 그 무렵 우리 가족은 명절이 되어도 아무도 만나지 않고 집에서만 지냈으니까.
 기억을 되짚어 보면, 내가 아주 어릴 때도 엄마는 자기 형제들과 만나고 온 다음에는 독감에라도 걸린 것처럼 며칠을 침대에 누워 끙끙 앓았다.

 내가 태어나기 이전의 사연을 나는 알 수 없고 물어본 적도 없지만, 오랜 시간을 거치며 나는 자연스레 터득할 수 있었다. 엄마를 괴롭게 하고 병들게 한 사람들은 바로 엄마의 형제들이라는 사실을.

 그러니까 실은 아무 이유 없이 누군가를 미워하는 것 같아도 잘 들여다보면 수십 가지 이유를 발견할 수 있다는 사실을, 나는 그 애의 가족을 대하면서 처음 안 거다.

 "나 갈게."

 어쩌면 나와는 비교조차 안 될 만큼 가까운 사이인지도 모를 두 사람을 뒤로하고, 나는 공원을 빠져나왔다. 잠깐 통증이 사라졌다고 느꼈는데 그건 내 착각이었다. 공원 입구의 턱을 내려오자마자, 뜨거운 것에 덴 듯이 발목이 욱신거렸다.

 "승희야."

 뒤따라온 조희수가 내 손목을 잡았다.

 "왜 화가 났어?"

 "……쟤를 왜 데려온 거야?"

 본 적은 없지만 너무나도 쉽게 그려 볼 수 있었다. 둘이서 아무렇지 않게 내 이름을 꺼내고, 내 얘기를 했을 모습을. 내가 다쳤다는 말에, 공원에 불쌍하게 혼자 있다는 말에, 퍽이나 걱정스럽다는 표정을 지었겠지. 내가 어른들의 눈치를 살피느라 숨을 죽일 때마다, 그늘 하나 없는 얼굴로 천진하게 웃고 떠들던 것처럼. 김선우는 나에게 하나도 불편할 게 없겠지.

"너 언제부터 알았어?"

"……."

아이들이 수군거리던 눈빛이 저 눈을 말하는 걸까. 조희수는 조금 화가 난 것 같기도, 답답한 것 같기도, 또 슬픈 것 같기도 했다.

"처음부터 알았어."

"그게 언젠데?"

"입학했을 때부터. 1학년 때부터."

"네 눈엔 내가 되게 가증스러웠겠다."

"왜 그렇게 말해? 그런 적 없어."

사실 나는 알고 있다. 지금 따져야 할 사람은 내가 아니라 희수라는 것을.

나는 희수가 김선우를 좋아한다는 사실을 알았을 때, 둘 사이에 무언가 있다는 걸 알아챘을 때 희수에게 털어놨어야 했다. 우린 친하지 않은 사촌 사이라고. 김선우가 나한테 잘못한 건 없지만, 어릴 때부터 그 애를 미워했다고. 하지만 그게 그 애가 나쁜 사람이라는 뜻은 아니라고.

"그러는 넌 선우가 왜 그렇게 싫어?"

"……."

"너한테 잘못한 것도 아니잖아."

그 순간 확실해졌다. 지금 희수가 어디에 서서 얘기하고 있는지. 김선우와 나 사이에 선이 있다면, 희수는 분명 이편이 아닌 선 너머에서 나를 대하고 있었다. 그런 생각을 하니 이상하게 심장이 조여드는 듯 아팠다.

어차피 인간이란 서로를 끝내 이해할 수 없는 존재다. 그렇다면 지금 이런 대화도 아무런 의미 없는 시간 낭비에 불과한 것 아닌가?

"싫어하는 거 아니야. 평생 봐야 하는 가족인데 싫어하면 나만 괴롭지. 그냥, 동갑인데 안 친해서 어색하고 불편한 거야. 학교에서 모른 척하는 건 사촌이네 뭐네 애들이 떠드는 게 싫어서고."

"……."

"갈게. 따라오지 마."

나는 희수의 손을 뿌리쳤다. 다친 발목 탓에 느린 발걸음은 마음이 멀어지는 속도를 따라잡지 못했다. 희수는 몇 걸음에도 금세 앞지를 수 있었겠지만, 이번에는 나를 붙잡지 않았다.

한참을 걸어 집 근처 골목 어귀에 다다르자, 아빠가 굳은 얼굴로 서 있었다.

"왜 전화를 안 받아."

"무음이라 못 들었어."

아빠는 내 발목부터 살폈다.

"다친 지 좀 됐어. 계단에서 잘못 내려와서 삐었어."

이미 선우한테 들어서 다 알고 있는 눈치였지만, 그래도 내 입으로 직접 말해야 마음이 덜 불편할 것 같았다.

"엄마한테는 말하지 마."

아빠는 대답 대신 나를 가만히 보았다.

"엄마 걱정하잖아."

"엄마도 알아야지. 걱정하다 속상해져도 그건 엄마의 몫이야."

"그래도 난 싫어. 왜 굳이 그런 상황을 만들어?"

대답을 더 듣기도 싫었다. 나는 먼저 집으로 향했다. 아빠가 말없이 뒤따랐다.

희수가 공원으로 나를 찾아온다고 했을 때, 나는 그 애를 앉혀 두고 무슨 얘기든 털어놓고 싶었다. 어쩌면 그동안 나를 찾아와 자기 얘기를 하던 아이들은 나를 대나무숲으로 써먹고 싶어서 그랬던 게 아닐지도 모른다. 단지, 자기가 믿을 수 있고 의지할 수 있는, 좋아하는 친구의 얼굴을 바라보며 진심을 꺼내 놓고 싶은 마음이 아니었을까.

아까 공원에서 희수를 기다리면서, 나는 난생처음으로 그런 마음을 느껴 보았다.

'내가 왜 걔를 싫어하는지, 그게 정말 궁금해?'

'어차피 넌 이해 못 할 거잖아.'

'이해 안 해 줄 거잖아.'

'결국 넌 김선우 편 아냐?'

침대에 누워 잠이 들기를 기다리는데, 전하지 못한 말들이 방 안을 둥둥 떠다니는 듯했다. 누가 못된 장난을 쳐서 밤을 길게 늘여 놓은 것만 같았다. 이 밤이 영원히 이어질 것 같은 기분. 눈을 감고서 내가 하지 못한 말, 하지 말았어야 하는 말을 곱씹으며 이 밤에 갇혀 버릴 것 같은 기분.

그러다 간간이 잠에 빠져 짧은 꿈을 꾸기도 했다. 메시지 알림이 떠서 확인하려고 하면, 갑자기 화면이 느려지고 온몸이 젖은 솜처럼 무거워져서 아무것도 읽지 못하게 되는 꿈이었다. 비슷비슷한 상황이 변주되면서 계속 같은 꿈을 꾸었다.

어렴풋이 잠에서 깼을 때는 분명 모든 내용을 똑똑히 기억한다고 생각했지만, 의식 속에서 그걸 다시 이야기로 이어 붙이려고 하면 듬성듬성 구멍이 나 있었다. 왜 꿈은 온전하게 재현될 수 없는 걸까? 내 머릿속에서 일어나는 일인데, 왜 내 의지나 상식에서 벗어나 있는 걸까?

다시는 찾아오지 않을 것만 같던 아침이 되어, 잠에서 완전히 깬 뒤에야 그런 생각이 들었다. 복도에서 무심코 스쳐 지나간 아이나 친하지 않은 아이가 엉뚱하게 꿈에 나오기도 하는데, 정작 희수나 수완이 내 꿈에 등장한 적은 없었다. 이건 무엇을 의미하는 걸까?

22.

일주일에 걸친 물리 치료가 끝났다. 병원에서는 며칠 더 오라고 했지만 그러고 싶은 마음도, 시간도 없었다. 아빠는 매일 등하굣길에 차로 나를 데려다줬고, 엄마는 둔해진 내 발걸음을 말없이 자주 응시할 뿐이었다. 그것 말고는 달라진 점은 없었다.

조희수와 나는 교실에서 알은체하지 않던 때로 돌아갔다. 수능이 가까워져서 그런지 반 아이들도 조희수나 나를 두고 이러쿵저러쿵 떠들어 대거나 힐끗거리지 않았다. 교실 안에서 조희수나 김선우와 눈이 마주치지 않으려고 의식하는 것도 처음 며칠만 불편했을 뿐, 그것마저 차차 익숙해져 이제는 힘들지 않았다.

다만 한 가지 이해되지 않는 일은 있었다. 교실에서 자꾸 수완이 보이지 않는다는 것.

교실에서뿐만 아니라, 수완은 내 의식에서도 깜빡 사라지는 것만 같았다. 수능에 조회수까지, 온종일 신경 써야 하는 일이 너무 많아서일까? 오전 내내 내가 수완과 한마디도 하지 않았다는 사실을 알아채지 못하고 있다가, 점심시간이 되어 수완이 내 자리로 찾아오면 그제야 깜짝 놀라기도 했다. 분명 전날 밤에는 내일 학교에 가면 현수완한테 무슨 얘기를 해야지, 하고 생각했다가도 막상 학교에 와선 새까맣게 잊어버렸다. 그렇게 수완이 희미해지고 있다는 사실마저 같이 희미해지고 있는지도 몰랐다.

수완을 따라 오랜만에 도서실에 갔다. 굵은 빗줄기가 온종일 이어지는 날씨였다. 우리는 창가에 나란히 기대섰다.

"나랑 희수랑 싸우면 넌 누구 편이야?"

창밖 운동장을 내다보다 내가 물었다.

"참고로, 더 잘못한 사람은 없어."

"잘못한 사람이 없는데 싸움이 성립돼?"

"그러게. 참 이상하네."

수완이 대답하지 않으리라는 건 이미 알고 있었다. 애초에 어리석고 유치한 질문이었으니까.

"너는?"

대답 대신, 수완이 나에게 되물었다.

"너는 누구 편들 거야? 나랑 조희수 중에."

"솔직하게 말해도 돼?"

"응. 난 이런 걸로 안 삐져."

"나는…… 희수 편을 들어 줄 것 같아."

나는 늘, 편이 없는 사람 편이니까. 내가 아니면 누가 조희수 편을 들겠어. 그 말이 목에서 턱, 하고 걸린 것만 같았다. 나는 숨을 고르고 나서 말을 이었다.

"예전에 어떤 심리학책에서 '학습된 무기력'이라는 말을 본 적 있거든. 계속 피할 수 없는 고통을 주면, 나중엔 그걸 피할 수 있는 상황에서도 피하려고 시도하지 않게 된대. 노력이 소용없다고 느끼면 결국엔 무기력을 학습하고 아예 포기하게 된다는 내용이었어."

내 말에, 수완은 잠깐 생각에 잠긴 얼굴이었다. 나는 차라리 내 말이 빗소리에 잠겨 들리지 않기를 바라면서 덧붙였다.

"책에 삽화가 있었어. 그 실험 속 개가 무력하게 웅크리고 있는. 희수를 보면 그 그림이 생각나."

미움받는 데 익숙해진 사람들은 오해를 풀고 자기를 방어하려 하는 의지마저 잃게 되는 것 아닐까. 임승지에게 주려다 만 쪽지처럼, 나에게도 썼다가 지운 메시지가 있지 않을까. 한 사람을 진정으로 아끼고 사랑한다는 건 그 사람의 무력감마저, 아무것도 하지 않는 순간마저 기다리고 인내할 수 있어야만 가능한 일이다. 아빠가 엄마에게, 내가 엄마에게 그러듯이. 그래서 나는 기다려 보기로 했다.
수완이 씩 웃더니 말했다.
"나도 비밀 하나 말해 줄까? 솔직하게."
나는 고개를 끄덕였다.
"하나만 말해 준다. 너만 알고 있어."
"응."
"나는 지금 긴 꿈을 꾸는 중이야."
수완은 웃음기가 사라진 얼굴로 나를 돌아보았다. 그 시선이 몹시도 고요해서, 가만히 그 눈을 마주하는데 아득한 기분이 들었다. 정말 꿈속에라도 있는 것처럼.
마침 종이 울렸다.
가자, 수완이 먼저 발걸음을 옮겼다. 수완이 복도를 걸어가는 뒷모습이 그대로 빗소리에 묻혀 사라져 버릴 것만 같았다. 나는 빠른 걸음으로 뒤따랐다. 발목을 괴롭히던 통증은 어느새 말끔히 사라져 느껴지지 않았다.

23.

 여름이 끝났다. 시험을 제외한 나머지를 머릿속에서 하나하나 밀어내고 지워 가는 사이 짧은 가을이 지나갔다. 그리고 수능일 아침, 고사장으로 향하는 길엔 칼바람에 귀가 베일 것처럼 아렸다. 1교시 맨 첫 문제를 풀면서는 손이 덜덜 떨렸다. 마지막 시험 답안지를 제출하고 나서야 이제 정말 끝이라는 기분이 들었다. 이제 정말 끝. 그게 다였다.
 집에서 저녁을 먹고 나와, 도은과 우리 동네 극장에서 만났다.
 "가채점해 봤어?"
 도은은 만나자마자 나에게 물었다.
 "9월 모평이랑 비슷하게 나온 것 같아."
 "그럼 잘 본 거지? 다행이네. 나도 그렇던데."

도은이 건넨 레몬차 병은 손난로처럼 따듯했다.

영화가 시작하려면 20분 정도 남아 있었다. 도은은 영화 시작 전에 억지로 광고를 봐야 하는 게 짜증 난다며, 상영 시간이 지나서 들어가자고 했다. 나는 이미 앉아 있는 다른 사람들에게 양해를 구해 가며 자리를 찾아가는 게 더 싫은데. 도은과 나는 참 사소한 데서까지 어긋나지만, 이렇게 중요한 날에 함께 만나서 노는 사이라는 게 새삼 희한했다.

"아, 맞아. 나 아까 너희 반 애들 봤다?"

"우리 반? 누구?"

"조희수랑 김선우. 걔들 사귀나 봐."

도은이 무심하게 말했다. 혹시 조희수랑 친했던 내 반응을 떠보려는 건가, 잠깐 의심했지만 도은은 별생각 없어 보였다. 두어 달 전만 해도 상상할 수 없는 모습이었다. 인생에서 가장 중요한 한고비를 오늘 넘겼고, 어차피 곧 졸업하면 더는 만나지 않을 테니 누가 뭘 어쩌고 다니든 이제 아무래도 상관없다는 걸까.

그동안은 모두가 같은 것을 배우고 궁금해하고 선망했다면, 학교를 벗어나선 이제 저마다의 길을 선택하겠지. 무엇을 중요하게 여기고 또 무엇을 무시하면서 살아갈지. 어쩌면 어른이 된다는 건 생각보다 대수롭지 않은 변화일지도 모른다. 알고 보니 내 삶에서 전혀 결정적이지 않았던 것들, 나를 흔들고 괴롭힌다고 여겼지만 실은 전혀 중요하지 않았던 것들을 하나씩 버려 가는 과정일지도.

영화를 보고 나오니 어느덧 늦은 밤이었다. 도은은 영화가 마음에 들었는지 들뜬 얼굴이 되어선 집에 가기 아쉬워했다. 딱히 갈 곳 없는 우리는 매표소 로비에 앉아 남은 팝콘을 먹으며 잠깐 영화 감상을 나누다가 헤어졌다.

씻고 나와 침대에 누웠다. 어제 온 메시지를 다시 열어 보았다.

> 그동안 고생 많았어
> 수능 잘 쳐!

꼬박 석 달 만에 조희수에게서 온 연락이었다. 그 아래, '그래 너도 잘 쳐.'라고 내가 보낸 답장이 끝이었다. 시험 치느라 고생이 많았다거나 가채점 결과를 묻는 말로 다시 대화를 시작할 수도 있겠지만, 그런 대화가 우리에게 무슨 의미가 있을까.

'오늘 극장 갔었다며. 무슨 영화 봤어?'

'전에 나더러 꼭 보라고 했던 영화 제목이 뭐였지?'

'근데 마루 입양 간 거 알아?'

하고 싶은 말은 헤아릴 수 없이 많았다. 그렇지만 꼭 해야 하는 말을 꼽자니 하나도 중요하지 않아 보였다. 선우와 셋이 만났던 그날 일을 모른 체 덮어 두고 하는 말들은 이전의 우리를 흉내 내는 것에 지나지 않을 테니까. 나는 그만 휴대폰을 내려놓고 잠을 청했다.

수능이 끝난 교실은 지루하기 짝이 없었다. 수업은 대부분 자습이었다. 간간이 영화를 틀어 주는 선생님도 있었다. 조희수도 오래된 영화를 좋아하는데, 이미 본 영화일까? 한동안 조희수 쪽으로는 일부러 고개도 돌리지 않았는데 이젠 하루에도 몇 번씩 조희수 자리를 힐끗거리고 있었다. 수능이 끝나자 조희수는 고장이라도 난 것처럼 담요를 덮어쓴 채 책상에 엎드려 잠만 잤다. 나는 저렇게 뒤척이지도 않고 죽은 듯이 자는 사람은 엄마 말고는 처음 보았다.

교실에는 빈자리가 점점 늘어 갔다. 논술이나 면접 고사를 보러 다니는 아이들이 반, 나머지 반은 실기 준비에 들어간 예체능계 아이들이었다.

나는 수완과 도서실에서 보내는 시간이 많아졌다. 이번 겨울에는 책 열 권을 읽기로 했다. 내 말을 들은 수완은 여태 본 것 중 가장 기쁘고 기특하다는 표정으로 나를 바라보았다.

수완은 마음이 소란스러울 때는 이미 이 세상에 없는 사람이 쓴 오래된 이야기를 읽는다고 했다. 오래된 영화 속 인물은 나와 만날 일이 없다던 조희수의 말이 떠올랐다. 나는 수완이 고전 소설이나 시집 말고 다른 책을 읽는 모습을 본 적이 없는데, 알고 보면 늘 마음이 복잡했던 걸까?

"이렇게 책만 읽으니까 좋다."

"……승희야, 지금 편안해?"

나에게 이런 질문을 한 사람은 수완이 유일했다. 편안, 행복, 만족. 이런 단어들은 어디에나 널려 있는 것 같지만, 막상 소리 내서 말하기엔 머뭇거려졌다. 내 곁에 있다는 것을 인정하고 이름을 말하는 순간에 어디로 날아가 버릴 것만 같았다. 덜컥 겁을 먹고 또 입을 닫아 버리기 전에 얼른 대답했다.

"응. 책만 실컷 읽을 수 있는 시기가 앞으로 많지는 않을 테니까. 나중에 지금 이때로 다시 돌아오고 싶을 것 같아."

수완이 나에게 귤을 내밀었다.

"이건 또 어디서 난 거야?"

"그냥 어디서 났어."

이번 겨울, 처음으로 맛보는 귤이었다. 귤은 달고 말랑

했다. 내가 천천히 귤을 까먹는 모습을 지켜보다가 수완이 말했다.

"나 한동안은 바쁠 것 같아. 시험 치러 다녀야 해."

"무슨 시험? 어디에?"

"나중에. 합격하면 알려 줄게."

수완이 장난기가 서린 눈으로 웃더니 덧붙였다.

"잘 지내, 승희야. 내가 갑자기 사라져도 놀라지 말고."

"엄청 본격적으로 준비하나 보네."

나는 부러 퉁명스럽게 말했다. 조금만 머뭇했다간 서운하고 놀란 마음이 툭 튀어나올 것 같아서였다. 수완은 그런 내 마음까지 다 안다는 듯이, 너그러운 얼굴로 웃기만 했다.

우리는 각자 책 한 권을 다 읽고 나서야 교실로 돌아왔다. 그리고 이튿날, 수완은 우리 교실에 처음부터 없었던 사람처럼 사라져 더는 나타나지 않았다.

24.

"수완이 1학기 때부터 유학 준비하고 있었는데, 몰랐니?"

"저한테는 그냥 시험 치러 간다고 했어요."

"그랬구나."

담임은 무표정하게 모니터 속 배치표만 들여다보았다.

"승희 네가 이렇게 놀라는 건 처음 본다. 수완이랑 많이 친했니?"

"……."

"수완이도 지금 경황이 없겠지. 웬만큼 정리되면 연락을 주지 않을까?"

어떻게 저럴 수 있을까 싶을 정도로 담임은 별일 아니라는 듯 말했다. 교실로 돌아와 연우에게도 똑같은 질문을 하고 도은을 찾아가서도 다급히 수완의 얘기를 물었지만 돌아오는 반응은 비슷했다.

"유학? 애들이 말하는 거 들은 것 같기도 하고. 근데 너 개랑 친했어?"

오늘만 해도 세 번째 듣는 질문이었다. 수완과 내가 친하냐니. 왜 다들 의외라는 얼굴로 똑같이 묻는 거지?

"나 친했잖아. 매일 급식도 같이 먹고 도서실에도 같이 다녔는데. 본 적 없어?"

자꾸 목소리가 떨렸다. 도은은 조금 이상하다는 눈으로 나를 살피다가, 이내 심드렁해졌다.

"아, 그랬나? 그래도 다행이다. 이제 급식 안 먹어도 되니까."

도은이 가볍게 말했다. 지금 그게 중요한 게 아니잖아. 마음 한구석이 무너져 내리는 기분이었다.

교실 안 아이들은 태연하기만 했다. 어제까지만 해도 이 교실에 함께 있던 아이가 갑자기 사라졌는데 아무도 궁금해하지 않다니. 다들 나 몰래 현수완을 지워 버리기로 작정이라도 한 것만 같았다.

나는 김선우를 복도로 불러냈다.

"현수완 알지?"

"알지. 우리 반이었잖아."

선우는 내가 불러내서 조금 놀란 듯했다.

"나랑 친했잖아. 기억나? 희수랑 셋이서도 다녔잖아. 체육 대회 때 도시락도 같이 먹고. 1학기 때 시험 끝나고 서점에서 봤을 때, 그때도 같이 있었잖아."

"응. 근데 왜? 걔 유학 갔다며."

"……."

"무슨 일 있어?"

"나도 그걸 모르겠어. 말도 없이 가서."

"아니. 너 말이야."

복도를 지나는 아이들이 흘끗거렸다. 김선우의 눈빛이 슬쩍 걱정스러운 눈으로 변했다.

어떻게 설명할 수 있을까. 수완이 사라지고 난 뒤에야 나는 알 수 있었다. 갑자기 내 시야에 들어왔던 것처럼 그 애가 어느 날 홀연히 지워져 버릴 수도 있을 것 같다고, 나는 스스로 깨닫지 못하는 사이 예감해 왔던 것 아닐까. 수완이 예상치 못하게 사라져서가 아니라, 설명할 수도 없고 이해할 수도 없는 내 예상이 결국 맞아 버려서. 그래서 지금 상황을 더더욱 받아들일 수 없는 거라고, 누구에게 말할 수 있을까.

"근데 조희수는 왜 안 온 거야?"

"독감 걸렸대."

김선우가 작게 한숨을 내쉬었다.

희수가 아파서 결석한 날, 수완은 유학을 간다며 학교에 나타나지 않았다. 둘은 서로의 상황을 알고 있을까? 누가 나를 두고 장난을 치는 것만 같았다.

우리 집에서 조희수네 동네까지는 버스로 한참을 가야 했다. 나는 조희수를 근처 학교 운동장으로 불러냈다. 저 만치에서 검은 패딩을 입은 조희수가 걸어오는 모습이 보였다.

"아프다고 들었는데. 미안."

여름 방학이 끝나고, 처음으로 조희수에게 하는 말이었다.

"괜찮아. 내가 나오겠다고 했잖아."

상대가 도은이나 연우였다면. 그리고 수완이었다면 나는 아파서 학교까지 빠진 아이를 이렇게 밖으로 불러내진 않았을 거다. 솔직히 내 마음 깊은 곳에선 그렇게 생각했을지 모른다. 실은 그렇게 아프지 않을 수도 있다고. 언제인가 조희수가 체육 시간에 보건실 가는 것을 보면서도 나는 비슷한 의심을 했었다.

"수완이가 유학 갔대."

"들었어."

"너 알고 있었어? 언제부터?"

나를 보는 시선이 흔들렸다. 그 눈빛을 보자, 내가 이전에도 비슷한 질문을 했던 게 떠올랐다. 김선우와 나 사이를 언제부터 알고 있었냐고 추궁하듯 물었던 그날이.

"그게 다야?"

조희수가 조금 힘 빠진 목소리로 물었다.

"뭐?"

"우리 세 달 만에 만나서 얘기하는 거잖아. 근데 현수완 얘기만 할 거냐고."

"……"

이 순간에도 너는 네 감정이, 네 서운함이 먼저구나. 그 생각에 울컥 화가 치밀었다.

"난 수완이 유학 가는 거 몰랐어. 친한 친구가 하루아침에 말도 없이 사라졌는데, 너야말로 왜 아무렇지 않게 말해?"

조희수가 입술을 꽉 물었다.

"난 그렇게 느껴 본 적 없는데. 현수완이랑 나랑 친하다고."

"……"

"넌 어떻게 생각해? 너랑 나는 친한 사이야?"

그렇다고 말해 줘, 희수는 그렇게 말하는 듯한 눈으로 나를 보고 있었다. 인간은 원래 이렇게 치사한 존재일까?

조희수가 인간이 싫다고 말한 이유도, 인간이란 치사하고 이기적일 수밖에 없어서였을까? 아이들이 경계하고 두려워하는 조희수가 지금 내 앞에서 절절매는 것이 느껴지자, 더 쏘아붙이고 기를 죽이고 싶은 마음이 와락 솟았다. 수완과 셋이서 보낸 시간을 너는 대수롭지 않게 생각한 것만큼, 나 역시 너와 보낸 시간이 그렇다고 말해 주고 싶었다. 이런 마음이 도대체 내 안 어디에 숨어 있었을까.

"이제 와서 그런 게 뭐가 중요해."

"……."

"너 다 나아서 학교 오면, 그때 다시 얘기하자."

조희수는 할 말이 더 남은 듯, 미동조차 없이 서 있기만 했다. 조희수와 나 사이로 찬 바람이 지났다. 바람에선 운동장 모래가 섞여 약간 비릿한 냄새가 났다.

버스를 타고 우리 동네로 돌아왔다. 버스 안에서도, 익숙한 정류장에 내려서도, 자꾸만 모래 냄새가 나를 따라오는 듯했다.

수완에게 전화를 걸자 고객의 요청으로 착신이 정지되어 있다는 안내 음성이 돌아왔다. 어떻게 이럴 수 있어. 그냥 같은 반 친구도 아니고 우리 사이에, 어떻게 이럴 수 있어. 수없이 같은 질문을 반복하다가 문득 그런 생각이 들었다. 친한 친구라는, 각별한 사이라는 범주에 멋대로 넣어 두고는 마땅히 어떤 기대에 따라 주기를 바라는 것은 일종의 강요이자 폭력일 수도 있다고. 친한 사이이기 때문에 할 수 있는 일과 해선 안 되는 일의 기준이 사람마다 다른데, 그런 잣대를 들이대는 것이 중요하냐고. 아까 내가 조희수에게 말했듯이, 우리가 정말 친한 사이가 맞는지 이제 와서 그런 걸 따지는 게 뭐가 중요하냐고.

  길을 걷는데 한기가 온몸으로 파고들었다. 골목 한복판에 낯익은 손수레가 보였다. 다른 길로 돌아갈까, 머뭇거리는 사이에 호더 할머니가 나를 알아보았다.

  "그러면 안 돼."

  할머니가 나를 똑바로 보며 말했다. 작은 목소리에 어눌한 발음인데도 또렷하게만 들렸다.

  "걔 일찍 죽는다."

  패딩 주머니 속으로 손을 집어넣자 휴대폰이 만져졌다. 대꾸하지 말고 아빠한테 전화를 걸까. 길에서 할머니가 먼저 다짜고짜 이상한 말을 했다고, 녹음이라도 해서 증거를 남겨 놔야 할까.

  "같이 다니면 너도 곱게 못 산다. 아프고 다치고. 살 맞는다."

  "……"

  "요절할 팔자. 삼십 안 돼서 죽을 테지."

말끝에 혀를 쯧쯧 차는 소리가 들렸다. 저주인 듯, 예언인 듯. 할머니는 중얼거리면서도 분명하게 말하고는 손수레를 끌고 천천히 골목 안으로 사라졌다.

달려가서 붙잡고 뭐라도 해야 하지 않을까. 방금 한 말, 다시 주워 담으시라고. 두 번 다시 누구를 두고 그런 재수 없는 말은 하지 마시라고. 말 한마디가 오래오래 한 사람에게 달라붙어 괴롭히다 죽게 만들 수도 있다고. 뭐라도 말해야 하지 않을까.

하지만 난 아무것도 할 수 없었다. 그저 친구로서 희수를 위하는 마음이 거기까지일 뿐이라고. 내 용기가 고작 그 정도일 뿐이라고. 인정하기 싫은 생각들이 나를 짓누르며 발걸음을 떼지 못하게 했다. 나는 결국 이기적이고 치사한 사람이 맞을지도. 수완이 사라진 것만큼, 오늘 희수와 내가 서로에게 상처가 된 것만큼, 그 사실이 나를 절망스럽게 했다.

25.

 조희수는 12월이 되어서야 학교로 돌아왔다. 한동안 보이지 않던 아이들도 수능 성적이 통지되고 나서 다시 나타났다. 수완의 자리만 여전히 비어 있었다.
 도은은 자꾸만 나를 찾아왔다. 원서 접수를 앞두고 초조한 심정을 털어놓고 싶은 듯했다.
 "나군에선 상향 지원하려고. 근데 아무한테도 얘기 안 했어. 다른 애들이 들으면 미쳤다고 할걸?"
 "그런가?"
 "우리 둘 다 나군 붙으면 좋겠다. 지하철 같은 호선이던데? 주말마다 같이 뮤지컬도 보러 다니자!"
 "그래."
 애쓰지 않아도 도은과 내가 대학생답게 꾸미고선 낯선

거리를 돌아다니는 모습을 그려 볼 수 있었다. 대학에 가서 처음 전공 강의라는 것을 듣고 처음 중간고사를 칠 때도, 늘 그랬듯이 도은은 나와 가까운 곳에 있을 것만 같았다. 얼마든지 미래를 함께 그려 볼 수 있는 친구와 그럴 수 없는 친구. 그 차이는 도대체 어디서 정해지는 걸까.

"근데 조희수는 원서 어디 넣는대?"

도은이 물었다.

"나 모르는데."

"하긴. 요샌 얘기 안 하지?"

도은이 예의 그 심드렁한 투로 말했다.

내가 혼자가 되자 연우와 다른 아이들은 다시 나에게 친근한 척을 해 왔다. 이것도 얼마 남지 않았을 테니까. 나는 굳이 그 아이들을 밀어내지 않았다. 우리 반 아이들이 교실 한쪽에 모여 앉아 떠들어 대는 얘기도 도은이 쏟아 내던 말과 크게 다르지 않았다. 졸업만 하면 어디에 피어싱을 하고 어느 도시에 놀러 갈 거라는 그런 얘기들. 그 안에서 내가 하고 싶은 말은 없었다. 나는 듣기만 하는 역할로 돌아갔다.

3교시가 끝나고 연우와 임승지를 따라 매점으로 갔다. 임승지는 다른 반 친구를 발견하고는 그쪽으로 가 버렸다. 다음 시간도 어차피 자습이라 교실에 일찍 돌아갈 필요가 없었다. 연우와 나는 매점에서 산 호빵을 다 먹고 가기로 했다.

연우는 호빵 껍질부터 벗겨서 호호 불어 가며 천천히 먹었다. 예비 종이 울리자 1학년과 2학년 아이들은 서둘러 매점을 나갔다. 임승지도 친구랑 올라갔는지 보이지 않았다. 북적거리던 매점 안이 한산해졌다.

"나 근데 그거 들었어."

연우가 말을 꺼내고선 내 눈치를 살폈다. 무슨 얘기를 하려는 걸까. 조금 긴장됐지만 내색하지 않았다.

"너랑 김선우랑, 사촌이라며?"

연우가 주위를 살피더니 소리를 죽여 말했다.

"……어디서 들었어?"

"최성재한테. 걔 김선우랑 친하잖아."

최성재는 얼굴과 이름 정도만 아는 옆 반 남자애였다.

"나라도 굳이 티 안 냈을 거야. 나도 동갑인 사촌 여자애 있거든? 어릴 때는 명절에 만나면 완전 절친처럼 같이 놀았는데, 딱 고등학교 들어오니까 엄청 서먹해지더라. 근데 같은 학교에 같은 반이라니. 안 친하면 아예 모른 척 지내는 게 편하지."

연우는 자기 얘기를 하는 것뿐인데, 어쩐지 내 편을 들어 주려는 것처럼 느껴졌다.

"진짜 솔직히 말하면, 최성재한테 그 얘기 듣자마자 무슨 생각 했게?"

솔직히, 라는 말 다음엔 나라면 굳이 꺼내지 않을, 반갑지 않은 이야기가 뒤따랐던 경험이 더 많았다. 나는 대꾸하지 않고 연우의 말을 기다렸다.

"아, 그래서 조희수가 일부러 승희한테 접근했나? 그 생각이 들더라. 웃기지 않아? 조희수는 너랑 김선우 사이 알지도 못할 텐데."

"……."

"아무튼 그래서 다른 애들한테는 이 얘기 안 했어. 다들 오해할 테니까."

오해, 라는 단어가 내 속으로 들어와 콕 박히는 듯했다.

그게 정말 오해일까?

"네 사촌, 인기 많더라? 관심 있다는 애 여럿 봤어."

연우는 평소보다 더 장난스러운 투로 말했다. 방금 나눈 비밀스러운 얘기를 자연스럽게 끝내기에 좋아 보였다.

졸업식 날 아침에는 아빠가 차로 데려다주었다. 엄마는 어젯밤만 해도 졸업식에 같이 갈 것처럼 말하더니, 막상 아침이 되자 궂은 날씨에 몸이 무거운지 아빠와 내가 집을 나설 때까지 일어나질 않았다. 아빠는 회사에 중요한 일이 있어서 졸업식까지 보고 가진 못했다. 초등학교 졸업식도 아닌데 뭘 그래, 귀찮다고 아예 결석하는 애들도 있어. 나는 그렇게 몇 번이나 괜찮다는 말로 아빠를 안심시켰다.

대강당에서 졸업식을 하는 내내 밖에서는 부슬비가 내렸다. 버석하게 마른 땅을 적시던 빗줄기는 어느새 운동장 바닥과 화단 여기저기에 고여 들었다. 식이 끝나고, 저마다 모여 사진 찍느라 소란한 사람들을 피해 본관으로 돌아왔다. 입구에 서서 물웅덩이 위로 튀어 오르는 빗방울을 한참 구경했다. 어릴 때 혼자 심심하면 종종 하던 놀이였다. 아무도 오지 않으리라는 사실을 알고, 실은 기다릴 것이 없는데도 뭔가를 기다리는 척하는 거다. 무언가를 기다릴 때만 느낄 수 있는 기분이 있으니까.

그러다 오래된 기억 하나가 떠올랐다. 아마 초등학교 4학년 무렵이었을 거다. 학원 수업을 마치고 나왔는데 갑자기 장대비가 쏟아져서, 아빠가 데리러 올 때까지 입구에서 기다렸던 적이 있다. 그때 같은 학원에 다니던 김선우도 옆에 서서 우리 아빠를 함께 기다렸다. 김선우가 바나나우유를 사 줘서 마신 기억은 나는데, 둘이서 무슨 대화를 나눴는지는 잘 모르겠다. 김선우는 우산이 있는데도 우리 아빠 차를 얻어 타고 집으로 갔었다. 가족 사이에 우유를 사 주고 집에 태워다 주는 사소한 일을 일일이 고마워하고 갚으려고 하지 않듯이, 나와 김선우에게도 그런 시기가 있었다.

 기다림의 응답은 예상하지 못한 곳에서 왔다. 집으로 돌아와 교실 사물함에서 챙겨 온 짐을 푸는데, 수완에게 빌렸다가 돌려주지 못한 책이 섞여 있었다. 나는 책갈피에서 연보라색 봉투를 발견했다. 수완이 남긴 편지였다.

 승희에게

 나는 이제 막 꿈에서 깨어나 이 편지를 쓰는 중이야. 깨고 나서야 문득 그런 생각이 들더라. 사람마다 반복해서 자주 꾸는 꿈이 있잖아. 그런데 우린 서로가 평소에 무슨 꿈을 꾸는지, 가장 기억에 남는 꿈이 뭔지, 그런 얘기를 한 번도 나눠 본 적 없었어.

 너는 여전히 꿈 얘기를 별로 좋아하지 않으려나? 언제인가 네가 그런 말을 했을 거야. 꿈은 한 번 깨 버리고 나면, 아무리 잘 떠올리려고 해도 결코 온전하게 기억해 낼 수 없다고. 그런데도 사람들이 왜 그렇게 꿈 얘기를 좋아하는지 모르겠다고. 어쩌면 넌 아직 모르겠지만, 그런 얘기를 나에게 한 적이 있을 거야.

 나는 한동안 자꾸만 내가 교실 안에 있는 꿈을 꿨어. 그건 지나온 시간 같기도 하고 지금 머물러 있는 곳 같기도 해서, 나는 시간이기도 하고 또 공간이기도 한 곳에 갇혀 버린 느껌이 들었어. 꿈에서도 내 의지대로 할 수 있다면, 넌 무엇을 가장 하고 싶어? 나는 나에게 마음껏 쓸 수 있는 시간이 생긴다면 좋아하는 책을 실컷 읽고 싶다고 생각했어. 그런데 더 중요한 일이 있었던 것 같아.

너는 아직도 네가 재미없고 지루한 아이라고 생각하고 있을까? 모두들 즐겁고 재밌는 얘기만 하고 또 듣기를 원하니까, 아무도 네 얘기는 귀 기울여 들어 주지 않을 거라고 생각하고 있을까? 아주아주 예전에, 내가 너를 처음 봤을 때 말이야. 우리가 처음으로 한 교실에 있었을 때. 네가 꿈 분석에 관한 책을 읽는 걸 본 적이 있어. 그 후로도 한동안 우리가 나눈 대화는 다음 시간 과목이나 시험 범위를 물어보는 그런 내용뿐이었지만, 나는 늘 네가 궁금했어.

그 순간을 지나고 나면 다시 온전하게 되돌아볼 수 없는 건, 꿈이 아니라 모든 시간이 다 그렇지 않을까? 그렇게 생각하고 나니, 어느 순간이든 내가 그리워하게 되리라는 예감이 들었어. 그래서 모든 순간을 있는 그대로 만끽하고 잘 살고 싶어졌어. 두고 오는 말 같은 건 없도록, 지금 곁에 있는 누군가에게 좋은 말을, 사람을 살리는 말을 더 많이 많이 해 줘야겠다고.

교실에서 너와 다시 만나게 되고 나서, 나는 꿈을 꾸는 마음에 대해 계속 생각했어. 같은 순간으로 자꾸만 되돌아가는 마음을 말이야. 그런데 이제 알 것 같아. 꿈을 꾸는 마음은 그리워하는 마음이라는 사실을.

우린 다시 교실을 떠나게 될 테니, 한동안은 또 그 순간들을 그리워하겠지. 하지만 곧 만나게 될 거야. 다시 보는 날까지, 건강하게 잘 지내.

머지않은 어느 순간에서, 너의 친구 수완.

26.

　마루는 우리 동네에서 차를 타고 두어 시간은 가야 하는 도시로 입양되었다. 인터넷으로 검색해 보니 바다를 끼고 있는 도시였다. 마루의 새로운 보호자는 SNS 계정을 만들어서 마루 사진을 하루에도 몇 장씩 올렸다. 온 동네를 떠돌아다니던 강아지답게, 마루는 하루에 세 번 산책을 해도 지치지 않는다는 글이 사진 아래에 적혀 있었다. 마루는 이제 추운 겨울에도 얼어붙은 아스팔트 거리를 혼자 위험하게 돌아다니지 않을 것이다.
　졸업식까지 하고 나니 집에서 한 발짝도 나가지 않는 날이 많아졌다. 해가 바뀌고, 별 감흥 없이 열아홉에서 스물로 넘어와 버린 나는 어른이 되면 하고 싶었던 것을 하나하나 찾아보기로 했다. 교실에서 아이들이 말하던 것과는 달리, 내 목록은 '혼자'라는 말로 채워졌다. 혼자 식당에서 밥 먹기. 혼자 버스를 타고 도시 끝까지 가 보기. 혼자 영화 보기.

 나는 우리 집에서 제일 가까운 극장에서 상영하는 영화를 예매했다. 신작이 아니라 특별전으로 재개봉한 옛날 영화인 데다 평일 오전 시간대라 객석이 텅텅 비어 있었다. 영화가 시작할 때까지, 내 시야에 들어오는 관객은 세 줄 앞 중앙에 앉은 단발머리 여자뿐이었다.

 영화는 잔인하면서도 심오했다. 조금 얼얼해진 기분으로 상영관을 나오는데 누가 복도에 서 있었다.

 "안녕."

 나를 보며 인사하는 사람은, 조희수였다.

 "혹시 여기서 나온 거야?"

 내가 물었다. 조희수가 고개를 끄덕였다.

 졸업식 날, 나는 조금 멀리에서 조희수를 보았다. 새하얀 코트를 입고 화장까지 한 조희수는 낯설게만 보였다. 그때만 해도 등허리 중간까지 오던 긴 머리가 지금은 어깨에 겨우 닿을 정도로 짧아져 있었다. 그런 탓에 영화 내내 뒷모습을 봤는데도 내가 아는 사람일 거라고는 예상하지 못했다.

 "상영관에 우리 둘밖에 없었어. 신기하지 않아?"

조희수가 웃으며 말했다.

조금 전 우리가 한 공간에서 따로 앉아 본 영화는 지난봄에 조희수가 나에게 추천한 영화 중 하나였다. 희수도 그걸 기억하고 있을까.

조금 멍해진 나에게 희수가 말했다.

"집에 바로 가야 해?"

"아니."

"그럼 뭐 좀 마실래?"

나는 고개를 끄덕였다. 에스컬레이터를 타고 내려오면서 조희수는 휴대폰을 꺼내 누구에게 메시지를 보내는 듯했다.

같은 건물 아래층에 있는 카페로 들어갔다. 조희수는 바닐라라테, 나는 자몽차를 골랐다.

"아메리카노 마실 줄 알아?"

조희수가 물었다.

"아니. 맛은 본 적 있는데, 한 잔 전부는 못 마시겠어."

"나도."

침묵이 흘렀다. 불편하진 않지만 마냥 편하지도 않은, 이상한 기분이었다.

졸업하고 나서 나는 조희수와 종종 메시지를 주고받았다. 전보다 시간이 훨씬 많아졌는데도 우리 대화는 길게 이어지지 못하고 툭툭 끊겼다. 대화를 끝낼 때는 '그럼 푹 쉬어.'라는 인사를 꼬박꼬박 덧붙이면서 서로 예의라도 차리는 사이가 된 것 같았다. 나는 희수가 먼저 수완의 얘기를 물으면 수완이 남긴 편지 얘기를 해 주려고 했지만, 희수는 끝내 그 이름을 꺼내지 않았다.

수완의 편지를 읽고 나서 가장 달라진 것은 희수를 향한 내 마음이었다. 나는 희수를 원망하지 않기로 했다. 다만 이미 벌어진 거리를 되돌리려 애쓰고 싶지도 않았다. 오늘처럼 우연히 마주친다면 반갑게 인사하겠지만, 굳이 먼저 만나자고는 하지 않는 사이. 얼굴을 보려면 우연에 기대야 하는 사이. 아마 희수와 나는 그 정도 사이로 남지 않을까.

희수와 내가 열아홉에 만나지 않았다면, 우리는 조금 더 나은 사이가 되었을 수도 있다. 어쩌면 반대로, 애초에 친구가 되지 않았을 수도 있다. 우리는 생의 어느 시점에서 만났다면 가장 좋았을까.

창밖 거리에 어둠이 깔리고 나서야 우리는 카페를 나섰다.

"다음 주 내 생일이야."

버스를 기다리다가 조희수가 불쑥 말했다. 알고 있었지만 나는 몰랐던 척했다.

"선물 받고 싶은 거 있어?"

"아니. 같이 영화 봤으니까 됐어."

"우연히 본 거잖아. 보는 동안에는 너 줄도 몰랐는데."

"그래도."

조희수가 픽 웃었다. 짧아진 머리 아래로 휑하니 드러난 목이 조금 추워 보였다. 도톰하고 포근한 목도리를 생일 선물로 주면 좋지 않을까.

"같이 영화 봐 줘서 고마워. 이걸로 10년 치 생일 선물은 미리 받은 걸로 할게."

10년 뒤라면 서른 살이었다. 한 번도 가깝게 느껴 본 적 없는 나이였지만, 나는 서른 살이 그렇게 멀리 있지 않다고 생각하기로 했다.

"우리 서른 살 될 때까지 건강하게 잘 살자."

나는 한 단어 한 단어 힘주어 말했다. 그게 어색하게 들렸는지 희수가 의아해하며 나를 바라보았다.

"서른까지만?"

"그때 되면 다시 말해야지. 또 마흔까지 잘 살자고."

"좋아."

희수가 자신 있다는 듯 웃었다. 그 표정을 보니 그 어느 때보다 안도감이 들었다. 무사히 스무 살이 된 것처럼 우린 또 서른까지 잘 살아 낼 거야. 어느 날에는 스스로 초라하다고 느끼고 또 어느 날에는 다른 사람을 남몰래 미워하기도 하면서, 매일이 아름답지는 못하겠지만 그래도 잘 살 거야. 나는 주문처럼 또 예언처럼, 마음속으로 말했다.

"저기 저 앞에 학원 건물 보여?"

나는 도로 건너편 건물을 손으로 가리켰다.

"초등학생 때, 선우랑 같이 저기 영어 학원 꽤 오래 다녔어. 까맣게 잊고 있었는데 갑자기 생각나네."

"둘 다 어릴 때부터 이 동네 살았어?"

"응. 우리 집이 먼저 이사 오고, 얼마 안 돼서 이모네도 왔어. 근데 너 우리 이모도 본 적 있어?"

조희수가 고개를 끄덕였다. 그래서 우리 엄마를 봤을 때 그렇게 놀란 거였구나. 엄마랑 이모는 생김새가 너무 닮아서, 어릴 때부터 쌍둥이라는 오해를 자주 받았다고 했다.

조희수가 신발 끝으로 바닥을 툭, 툭, 치다가 말했다.

"선우랑은 언제 끝낼 수 있을지 모르겠어."

"……."

"걔가 날 좋아할 때는 내가 관심이 없고, 그러다 걔가 시들해지면 내가 걔를 신경 쓰게 되고. 번번이 그런 식이었던 것 같아."

"나도 그래."

우리는 눈이 마주쳤다. 전에는 늘 저 시선의 의미를 파악할 수 없다고 생각했다. 모두가 싫어하는 눈, 두려워하는 눈이라고 생각했다. 그런데 이렇게 다시 보니 알 수 있었다. 그건 그저 궁금해하는 눈, 나를 이해하고 싶어 하는 눈빛이었다.

"걔가 그렇다는 건 아니고……. 가족이라는 게 원래 그렇잖아. 내가 선택해서 태어난 것도 아닌데. 보기 싫다고 해서 안 보고 살 수 있는 것도 아니고. 끝을 볼 수 있는 사이가 아니니까."

나도 다른 아이들처럼, 비밀을 털어놓은 걸 결국 후회하게 될까? 그렇다고 해도 상관없었다. 희수 앞에서 한 번은 온 마음을 다해 솔직해지고 싶었다.

마침 버스가 정류장으로 들어왔다.

"집에 가서 연락할게."

"그래. 조심히 가."

버스가 출발했다. 금방 다시 만날 것처럼, 인사를 길게 끌지 않고 헤어져 다행이었다. 잘 지내, 희수야. 네가 어디에서 어떤 모습으로 살든, 따뜻하고 다정한 말만 가득 들으면서 지내기를 기도할게.

수완이 편지에서 말한 순간도 이런 순간이 아니었을까. 저 멀리 작아지는 버스를 바라보며, 나는 이 순간을 두고두고 그리워하게 될 거라고 예감했다.

27.

"어르신. 그렇다, 아니다. 둘 중 하나로 대답하셔야 한다니까요."

"그럴 때도 있고 아닐 때도 있지. 반반."

"반반 없어요."

"왜 없다카노."

나는 한숨을 폭 내쉬었다. 맞은편에 앉은 할머니는 무슨 할 말이 있는 듯 입술을 자꾸 달싹거렸다. 나는 목소리 톤을 더 높였다.

"다시 여쭤볼게요. 아침에 일어날 때, 개운하게 일어나세요?"

"응. 응."

아무리 봐도 건성으로 하는 대답이었지만 나는 더 묻지

않았다. 요즘 기분을 묻는 서른 개 문항에 응답하면 되는 간단한 검사인데도 자꾸만 길어지고 있었다. 이번 어르신도 마찬가지였다. "우리 손녀도 이런 공부 한다 카던데."로 시작해서, 할머니는 작년에 대학에 입학한 손녀 얘기부터 요즘에는 말을 할 때 단어가 퍼뜩 떠오르지 않는다는 푸념까지 한참을 늘어놓았다.

"다 되셨습니다. 가 보셔도 돼요."

"여 학생들은 다 좋네. 상냥하고."

할머니가 천천히 몸을 일으켰다. 작성을 마친 검사지 수를 세고 있는데, 할머니가 등산 가방에서 무얼 주섬주섬 꺼내 내밀었다.

"꿀밤."

"네?"

나는 동글동글 반질거리는 돌멩이 같은 것들을 두 손 모아 받아 들었다.

"이거 도토리인데요?"

"꿀밤이라카이."

"네. 고맙습니다."

칸막이 뒤에 있던 연구실 후배 효주가 나와서 할머니를 밖으로 안내했다. 휴대폰으로 검색해 보니, 꿀밤은 도토리의 방언이라는 설명이 사전에 나왔다.

나는 도토리 사진을 찍어 아빠에게 보냈다.

> 연구 참여하는 할머니한테 받았어

> 도토리는 어떻게 먹는 거야?

묻긴 했지만, 겨우 몇 알이라 어디에도 써먹지 못할 것 같았다. 책상 한쪽에 도토리를 올려놓았다. 그렇게 관상용이 된 도토리를 가만히 지켜보다가, 예전에 우리 동네 이상한 할머니한테 도토리를 받았던 기억이 떠올랐다.

복도의 쌀쌀한 바람을 몰고 효주가 돌아왔다.

"선배는 어떻게 저 긴 얘기를 안 끊고 다 들어 줄 수 있어요?"

"어릴 때부터 많이 들어 줘서 그런가 봐."

"누가 그렇게 얘기를 했는데요?"

"그냥 다."

효주는 고개를 갸웃하더니 모니터 앞에 앉았다. 가습기에서 물이 끓는 소리와 키보드 소리만이 이어졌다. 듣는 일에는 충분히 익숙하다고 생각하지만, 그래도 이렇게 사람의 말소리가 들리지 않는 순간이 훨씬 좋았다.

> 다람쥐한테 돌려주는 게 낫지 않을까?

에이……

> 결혼식 갈 준비는 다 했어?

내가 준비할 게 뭐가 있어

시간 맞춰 갈 테니까 걱정 마

> 오케이

> 밥 거르지 말고!

나는 머리 위로 동그라미를 그려 보이는 고양이 이모티콘을 보냈다. 우리 집 고양이와 줄무늬가 닮았다며 엄마가 알려 준 이모티콘이었다.

그동안 수완의 말을 의식하면서 살아온 것은 아니지만, 어쩌다 보니 나는 수완의 말대로 내 삶에서 다른 것은 다 버려도 마지막까지 반려동물은 지킬 거라고 자신하는 고양이 집사가 되었다.

고양이, 도토리, 교복을 입고 거리를 지나는 여학생들.

그런 것을 보면 그 애도 나를 떠올릴까. 오래된 기억을 헤아리다, 날씨 때문인지 코끝이 시큰거렸다.

예식은 지루할 새도 없이 금방 끝나 버렸다. 가족과 친지는 모이라는 소리에 잠깐 앞으로 나가 사진을 찍고 도망치듯 밥을 먹으러 갔다. 접시를 들고 어색하게 두리번거리는 나를 발견하고 이모가 손짓했다.
"왜 혼자야?"
"엄마랑 아빠는 폐백 구경 갔어요."
"그게 뭐 재밌다고."
나는 동의한다는 표정으로 웃어 보였다.
이모네 식구들이 있는 테이블에 함께 앉았다. 식사 내내 이모의 수다가 이어졌다.
"다음은 우리 승희 차례인가?"
"에이, 선우 있잖아요."
"내가 볼 때 얘는 글렀어. 친구들이랑 여기저기 쏘다니느라 바빠."
"그러다가 좋은 사람 만나고 하는 거죠, 뭐."
이모 옆에서 말없이 밥만 먹던 김선우가 나를 물끄러미 보았다.
"그거 뭐야?"

"가지탕수."

"오, 난 못 봤는데."

"먹을래?"

김선우가 고개를 저었다. 기억을 더듬어 보니, 작년 추석 이후로는 본 적이 없는 것 같았다. 일 년 만에 만나서 하는 첫 대화가 가지탕수라니.

하객 대부분이 돌아가고, 이제 내가 아는 얼굴들만 남았다. 어른들이 술잔을 기울이는 걸 보니 식사가 길어질 모양이었다. 로비로 바람을 쐬러 나왔다가 혼자 있는 김선우와 마주쳤다. 선우가 나를 보고 물었다.

"언제 갈 거야?"

"엄마 아빠가 가야 가지."

김선우는 자기도 마찬가지라는 표정이었다. 곧 서른인데도 이런 자리에선 부모님 허락 아래 움직여야 하는 어린아이로 되돌아간 것만 같았다.

우리는 로비 한쪽에 있는 소파에 조금 간격을 두고 앉았다. 다른 어색한 친척을 만나면 근황을 물으며 틀에 박힌 대화를 하기도 했지만, 선우와는 애써 그럴 필요가 없었다. 선우도 사람들과 어울리고 나면 혼자 충전하는 시간을 꼭 보내야 하고 얼마든지 진중해질 수 있는 성격이라는 사실을, 나는 어른이 되고 나서야 알았다. 같은 해에, 두

달 간격으로 태어난 김선우와 나는 가깝게 지낼 기회를 빼앗긴 건지도 몰랐다. 서로를 탓하고 원망하던 어른들의 말 때문이었다. 되돌아보면 그건 학창 시절 교실 안에서, 아이들 사이에서 일어나는 일과 크게 다르지 않았다. 그렇게 교실 안팎을 넘나드는 말에 휩쓸려 한 사람을 제대로 겪어 보고 이해할 수 있는 기회를 나도 모르는 사이 빼앗겨 버린 게 아니었을까.

"……희수는 잘 지내?"

툭 하고, 갑자기 튀어나오게 되는 이름이 있다. 희수라는 이름은. 아주 오래전부터 그랬던 것 같다.

"응."

선우는 더 말을 잇지 않았다. 나처럼 말을 고르고 있는지도 몰랐다.

"희수 번호 좀 알려 줘."

선우는 대꾸 없이 휴대폰을 꺼냈다.

"저번에 폰 고장 났거든. 사진이랑 연락처 다 날아갔어."

변명하듯 덧붙였지만 선우는 아무래도 상관없다는 표정이었다. 나는 선우가 보여 주는 화면 속 전화번호를 내 휴대폰에 입력했다.

희수와 나는 새로운 도시로 떠나고 나서 자연스레 연락이 끊겼다. 낯선 도시에서 적지 않은 사람들과 가까워졌다가 또 멀어지기를 거듭하는 사이, 그냥 그렇게 되어 버렸다. 어차피 이렇게 될 거, 열아홉의 나는 왜 그렇게 마음을 졸여 가며 희수를 이해하려고 애썼을까 억울하게 느껴지기도 했다.

나는 한동안 멀어진 사이를 되돌리려는 노력은 하지 않은 채, 멀어짐의 이유만 찾으려고 했다. 온전하게 떠올릴 수 없는 꿈처럼 시간은 기억을 비틀고 휘저어 놓는 법이니까. 그날그날 기분에 따라 희수는 내 기억 속에서 안쓰러운 아이가 되기도 하고, 속을 알 수 없는 나쁜 아이가 되기도 했다. 하지만 끝내 빛바래지 않는 한 가지 사실은, 살면서 무언가를 함께 구해 낸 사이는 희수가 유일하다는 점이었다.

신호음이 몇 번 울리다가 멈췄다.

"여보세요?"

익숙한 목소리. 심장이 두근거렸다.

"······나 승희야."

"응. 오랜만이야."

오랜만이라는 말과 달리 전혀 낯설어하지 않는 목소리였다. 나에게서 전화가 올 거라고 예상하고 있던 것처럼.

"곧 네 생일이잖아. 그래서 전화했어."

수화기 너머에선 아무 대답이 없었다. 희수는 지금 어떤 표정을 짓고 있을까?

"우리 만날래?"

내가 물었다.

"응. 좋아."

"수완이도 같이."

"수완이랑 연락이 돼?"

"아니. 그래서 찾아보려고. 너랑 같이."

"그래. 그러자."

희수가 흔쾌히 대답했다. 그 목소리를 듣자, 오랜 기억 속 한 장면이 떠오르면서 희수가 지금 어떤 얼굴을 하고 있을지 그려졌다.

여전히 나는 밤이 되면 나를 찾아오는 꿈의 의미를 일일이 해석하지 못한다. 꿈은 언제나 내 의지를 벗어나고 소망을 벗어나 있다. 그러나 어떤 날에는, 간절하게 바라는 마음으로 잠들면 꿈속에서 어떤 공간으로 되돌아가곤 한다. 오늘 밤 꿈속에서 그 아이를 만난다면, 나는 웃는 얼굴로 말할 것이다.

내 삶의 어느 순간에, 나와 친구가 돼 줘서 고마웠어.

우리, 곧 만나자.

작품 해설

관계의 품 안에서 각자의 표정을 잃지 않는 성장 서사
김지은(아동청소년문학 평론가)

 서열 경쟁이 치열한 우리 사회에서 고등학교 3학년이란, 대학 입시를 눈앞에 두었다는 이유만으로 가파르고 숨가쁜 시간으로 여겨진다. "고3이에요."라는 말로 열아홉 살의 시공간이 납작하게 통칭되어 버리고 만다. "네가 지금 고3인데."라는 말 뒤에 섬세한 술어가 붙는 경우도 드물다. 대부분 무뚝뚝한 금지의 명령이나 유예의 권유로 마무리된다. 그만큼 사람들이 이 기간을 대하는 방식이 거칠다는 의미다.
 그러나 교실에서 보내는 마지막 1년을 이렇게 간추려도 좋을까. 입시를 제외한 삶은 모두 간결해야 한다고 강요하는 것은 외부의 목소리일 뿐, 고3 교실 안에서도 일어날 일은 다 일어난다. 어쩌면 겹겹의 감정이 풍성하게 자라나는 것도 이 시절이다. 작은 변화에 예민해지는 상황 때문에 친구 사이에도 수많은 오해와 갈등이 생겨나 관계의 회오리에 휩싸이는가 하면, 꿈에서도 친구가 나올 정도로 가까운 우정에 깊고 긴밀하게 의지하는 시기이기도 하다.

이 소설은 어른이 된 하승희가 고등학교 3학년 내내 함께 지냈던 친구 H에게 보내는 편지로 시작한다. 매번 "같은 공간이 나오는 꿈속에" 갇혀 있었던 것처럼 그들은 쳇바퀴 같은 삶을 살아야 했고, "답을 찾을 수 없는 질문만 곱씹으며" 시간을 보냈다. 하승희는 고3 교실로 돌아가 당시의 서늘한 기억들을 일인칭 시점으로 면밀히 돌아본다.

유난히 말수가 적은 승희는 교실 안에서 같이 다니기 좋은, '비밀을 잘 지켜주는 애'의 역할을 맡고 있다. 아이들은 때때로 승희에게 찾아와 자신의 속내를 쏟아 내놓곤 했지만, 그것이 승희에 대한 관심은 아니었다. 수험 생활을 하다 보면 대다수의 아이들이 시간과 노력을 아끼며 그저 자기감정을 토로할 수 있는 무난한 대상을 찾게 되는 것이다. 공허하게 스쳐 지나가는 관계 속에서 승희는 조희수라는, 교내에 소문이 무성한 인물과 마주하게 된다.

조희수는 특별한 이유 없이 두루 미움을 사고 있는 아이다. 누군가는 희수가 눈빛이 별로라고 하고, 또 누구는 짜증을 불러일으키는 애라고, 그 애가 끼면 얼마 못 가서 친구 무리가 깨지는 피곤한 애라고도 한다. 그러나 정작 조희수는 자신을 헐뜯는 소문에 개의치 않는 것처럼 보인다. 평판을 의식한 승희가 불편한 내색으로 물리쳐도 조희수는 도리어 마음을 열고 다가온다. 거리를 떠도는 동물에게 유난히 정성을 기울이기도 한다.

조희수와 하승희 사이에는 이미 승희와 친한 현수완이라는 인물이 있다. 현수완은 마치 다른 행성에서 온 것처럼 여러 문제 앞에서 평정심을 지닌 아이다. 이미 이 세상에 없는 사람이 쓴 오래된 이야기라서 헤르만 헤세의 책을 좋아하고, 모의고사를 앞두고도 수능 특강을 푸는 것이 아니라 시집을 필사한다. 〈중경삼림〉 같은 옛날 영화를 좋아하는 조희수와도 얼핏 잘 통할 것 같지만, 이상하게도 현수완과 조희수는 만나기만 하면 티격태격한다. 그러나 승희를 가운데 세우면 셋은 하나의 그림이 된다. 이렇게 느슨하게 오가던 세 사람은 다들 심드렁하게 참가하는 고3 체육 대회 이어달리기에서 한 팀이 되어 승희, 희수, 수완 이름 순서대로 달린다.

어른이 되기 직전의 순간에 연결된 승희, 희수, 수완의 우정과 그 이면의 사연에 관한 이야기라는 점에서, 이 책을 읽다 보면 케이트 디카밀로의 걸작 소설 『이상하게 파란 여름』(원제: Raymie Nightingale, 2016)이 떠오른다. 가족사의 아픔을 안고 있는 플로리다의 세 소녀가 도서실을 오가며 우정을 쌓고, 어른이 되는 마지막 문턱을 넘는 이야기다. 그 작품에서 세 사람은 똑같이 좋아하는 것을 만날 때마다 "우리는 서로를 구할 거야."라고 말한다.

이 책의 세 사람도 그렇다. "좋아할지 말지 헷갈릴 땐 그냥 좋아해 버려."라고 이야기하는 아이들이다. 수완은 희수와 승희가 떠돌이 개 마루를 호더에게서 구출하자 "결국 너희가 개를 구했구나."라고 말한다. 마루는 안전한 곳으로 입양되고, 세 사람은 마주치고 또 엇갈리면서 서로의 버팀목이 되고 끝내 각자의 모습으로 성장한다.

『너의 꿈에도 내가 나오는지』라는 제목은 청소년기라는 열띤 시절을 통과하며 경험한 반짝이는 우정을 담기에 적절한 서정적인 제목이다. 작가는 청소년 인물들이 품은 크고 심각한 어려움을 들고 와서 그들이 행한 일의 원인을 설명하려 들지 않는다. 선인과 악인의 대결 구도는 처음부터 없다. 저마다 몇 마디로 설명하기 어려운 사정이 있을 따름이다.

승희에게는 가족으로부터 입은 크나큰 상처 때문에 무기력에서 탈출하지 못하는 어머니가 있으나, 승희는 그 가족사에서 빠져나와 독립적으로 움직일 수 있다. 수완은 승희나 희수에게 미리 알리지 않은 채로 해외 유학 준비라는 중대한 목표를 실천해 나간다. 희수는 자신의 남자친구인 선우와 승희의 감춰진 개인사를 알면서도 승희에게 내색하지 못하고 선우를 만난다. 어떤 결정은 온전히 자기 자신의 몫이다. 세 사람의 관계는 우정의 이름으로 뭉뚱그려지지 않는다. 새로운 갈등이 거듭 올라오고 감정은 모였다가도 흩어진다.

우리를 성장시키는 것은 이러한 불확실성이다. 이 소설에서 세 사람이 하나가 되었다는 뿌듯한 감각보다 더 세밀하게 그려지는 것은, 각자일 때의 외로움과 사정을 말할 수 없을 때의 난처함이다. 작가는 어떤 아픔은 아무에게도 말할 수 없다는 것, 그 무게를 짊어지고 가는 것이 어른이 되는 일이라고 말한다. 에필로그에서 직장인이 된 승희는 자신이 "다른 것은 다 버려도 반려동물은 지키는" 사람으로 자랐다고 고백한다. 희수와 수완은 어떤 사람이 되었을지 어른이 된 이 세 친구가 만나기 전에 소설은 끝나지만 우리는 알 것만 같다. 혼란 속에서도 자기다움을 잃지 않는 사람이 되는 것, 그것이 우리가 해낼 수 있는 가장 귀한 성취다.

김지현 작가는 이 소설에서 누구의 삶도 간추려 정리하지 않는다. 독자는 엇갈리며 흐르는 대화를 읽고 그 대화 너머의 표정을 상상해야만 그 인물들 곁에 다가갈 수 있다. 덕분에 우리는 경쟁으로 정형화되지 않은 고3 교실의 기록을 만났다. 이 기록들이 아마도 뉴스보다 더 진실이다. 그리고 모두 질주하는 교실의 모퉁이에서 한 시절의 꿈과 같은 우정을 경험했던 승희, 희수, 수완을 목격했다. 책 너머에서도 그들이 충분히 행복했으면 좋겠다.

작가의 말

 교실이 나오는 이야기를 쓸 때면 나는 몇 번이고 어떤 공간으로 되돌아간다. 가운데 분단은 셋이서 짝을 이루는 특이한 배치의 교실, 잔디 운동장, 5교시와 6교시 사이에는 20분간의 청소 시간이 있던 그곳으로.
 이 이야기를 쓰는 동안에는 멀어진 얼굴들이 많이 떠올랐다. 현실에서는 마주쳐도 못 본 척 지나갈 그 얼굴들을 꿈속에서 만나면, 나는 먼저 다가가서 반갑게 인사하고 싶지만 늘 머뭇거리다 깨어나는 역할이다. 그 꿈을 반복해서 꾸고 나서야 알았다. 탓하고, 원망하고, 미워하는 마음을 거둬 내고 나니 결국 남는 것은 지나간 우정과 사람들을 그리워하는 마음이라는 사실을. 의식 저편에 묻어놓은 기억과 나도 몰랐던 진짜 속마음을 불쑥 꺼내 보여 준다는 점에서, 소설을 쓰는 일은 꿈을 꾸는 것과 닮았다는 생각이 든다.

  내 소설 속 인물들이 어른이 된 모습을, 한 번은 직접 보고 싶었던 것 같다. 승희, 희수, 수완 세 친구가 꿈속에서 나를 찾아와 준다면, 열아홉에서 스물로 잘 건너와 주어 고맙다고 말하고 싶다.

  꿈속에서 나는 여전히 내가 원하는 대로 말하고 행동할 수 없겠지만, 지금 곁에 있는 누군가에게 사람을 살리는 말을 건네는 일만큼은 얼마든지 내 의지대로 할 수 있다는 사실이 다행스럽다. 오늘 밤 당신이 편안한 꿈을 꾸기를, 따듯하고 다정한 말만 가득 들으며 지낼 수 있기를 바란다.

2024년 가을,
김지현

너의 꿈에도 내가 나오는지

초판 1쇄 펴낸날　2024년 9월 30일
초판 4쇄 펴낸날　2025년 6월 5일

지은이　김지현
펴낸이　홍지연

편집　홍소연 김선아 김영은 차소영 조어진 서경민
디자인　이정화 박태연 정든해 이설
마케팅　강점원 신예은 김가영 김동휘
경영지원　정상희 배지수

펴낸곳　㈜우리학교
출판등록　제313-2009-26호(2009년 1월 5일)
제조국　대한민국
주소　04029 서울시 마포구 동교로12안길 8
전화　02-6012-6094
팩스　02-6012-6092
홈페이지　www.woorischool.co.kr
이메일　woorischool@naver.com

ⓒ 김지현, 2024
ISBN 979-11-6755-287-7　43810

• 책값은 뒤표지에 적혀 있습니다.
• 잘못된 책은 구입한 곳에서 바꾸어 드립니다.

만든 사람들
편집　이태화
교정　김미경
디자인　정든해